香港十八區 文化地圖

Carmen Ng 圖　　鄧家宙 文

中華書局

自序

Carmen Ng ·········· 4

鄧家宙 ·········· 5

香港島

❶ 中西區 ·········· 6

❷ 灣仔區 ·········· 22

❸ 東區 ·········· 34

❹ 南區 ·········· 42

九龍

❺ 油尖旺區 ·········· 52

❻ 深水埗區 ·········· 66

❼ 九龍城區 ·········· 76

❽ 黃大仙區 ·········· 84

❾ 觀塘區 ·········· 92

新界

⑩ 荃灣區　　100

⑪ 屯門區　　108

⑫ 元朗區　　116

⑬ 北區　　124

⑭ 大埔區　　132

⑮ 西貢區　　140

⑯ 沙田區　　148

⑰ 葵青區　　156

⑱ 離島區　　162

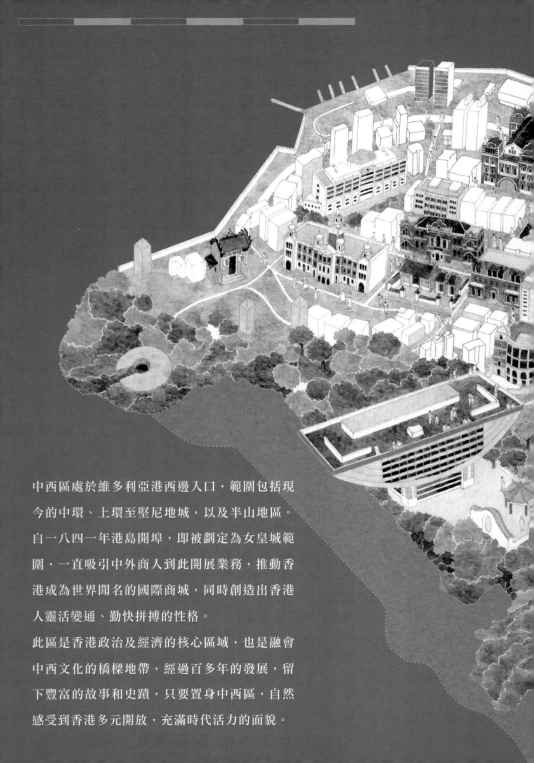

中西區處於維多利亞港西邊入口，範圍包括現今的中環、上環至堅尼地城，以及半山地區。自一八四一年港島開埠，即被劃定為女皇城範圍，一直吸引中外商人到此開展業務，推動香港成為世界聞名的國際商城，同時創造出香港人靈活變通、勤快拼搏的性格。

此區是香港政治及經濟的核心區域，也是融會中西文化的橋樑地帶，經過百多年的發展，留下豐富的故事和史蹟，只要置身中西區，自然感受到香港多元開放，充滿時代活力的面貌。

香港島

中西區

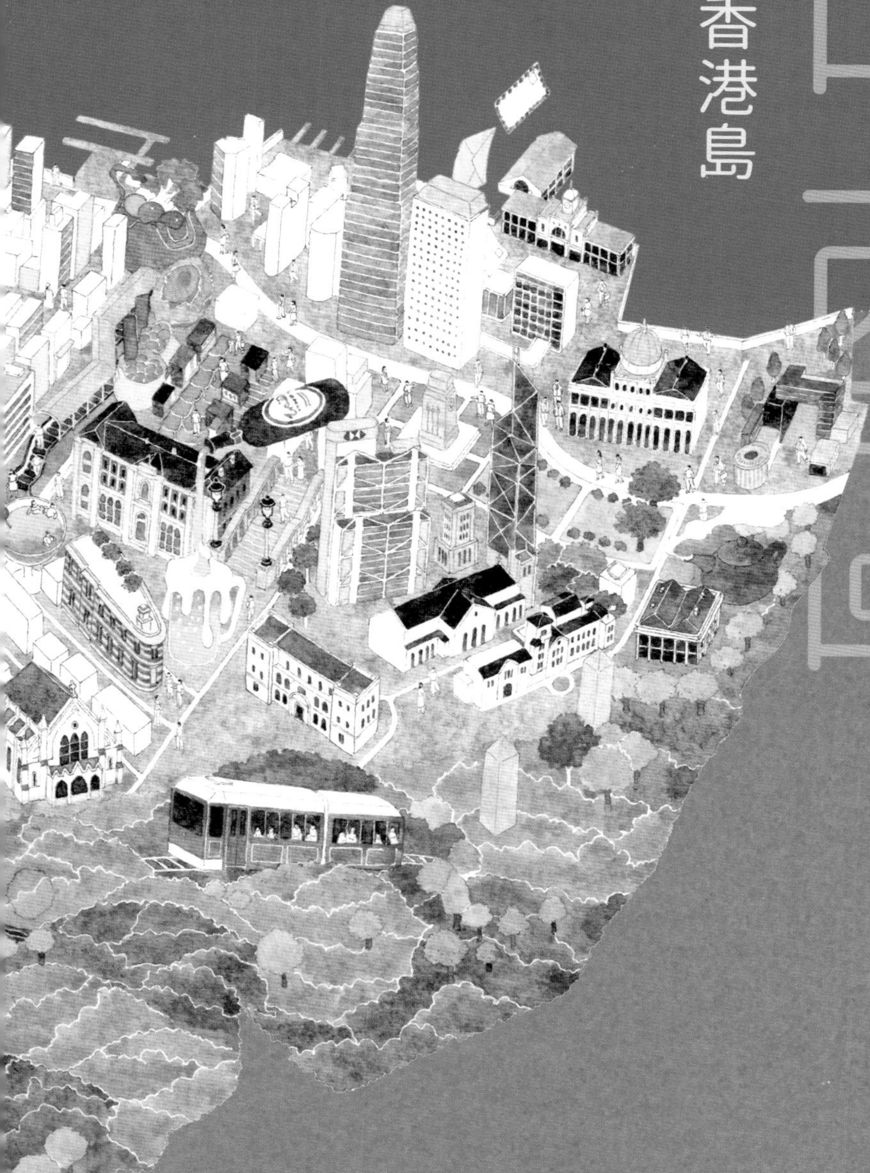

山頂凌霄閣

01

原為「老襯亭」，一九六〇年代改建為
纜車大樓，一九九三年再改作凌霄閣。
新大樓外形呈碗狀，樓高七層，內設餐
廳、蠟像館及各式商店，頂層設有戶外
觀景台，可飽覽維港兩岸風光，自落成
以來成為本港主要地標及旅遊景點。

山頂纜車

02

自一八八八年啟用至今，是本港最早的
機械交通工具，初期以燃煤蒸汽推動纜
索，單向上落，一九二〇年代改以電動
齒輪驅動。纜車沿途共設六個分站，由
中環花園道總站起始，途經堅尼地道、
麥當勞道、梅道、白加道至山頂總站，
沿途可飽覽維港西岸風光。

新政府總部

03

原址為皇家海軍基地及船塢，回歸後填
海造地，預留作新政府總部、行政長官
辦公室及立法會大樓。工程佔地兩公
頃，除辦公大樓外，另有添馬公園可供
市民享用。二〇一一年新政總大樓落
成，各部門先後遷入辦公，其「門常開」
之設計，已是中區著名地標之一。

香港茶具文物館

（舊三軍司令官邸）

建於一八四六年，亦稱旗桿屋，屬域多利兵房之一部分。日治時期改作海軍上將府邸，戰後回復原有用途。一九七八年由軍部移交港府，復修後撥作茶具文物館，供市民免費參觀。大樓屬希臘古典復興風格，殖民地色彩濃厚，已列為法定古蹟。

中銀大廈 05

原址為美利兵房宿舍，一九六二年改作差餉署，因鬧鬼而聞名。一九八〇年代拆卸，舊有建築拆件遷往赤柱重建，即今美利樓。原址則改建成中國銀行新總行，由著名建築師貝聿銘設計，外形為稜柱狀配以玻璃幕牆，造型獨特。一九九〇年落成時，是亞洲最高建築物。

政府山 06

一八四一年英軍登港島宣稱管治香港，選定以中環山崗作為政治中心，範圍涵蓋現今炮台里、花園道、雪廠街、上亞厘畢道等，統稱政府山。內設總督府、政府總部、聖約翰座堂、會督府等設施。二〇一一年政府總部遷往新址，原址擬轉售作商業用途，最終獲保留，供司法機構使用。

聖約翰座堂及建築群

07

一八四一年聖公會牧師隨英軍登岸，初以棚廠為臨時禮拜堂，並籌備興建一座教堂，後獲港府批出官地及資助工程費用，是至今唯一不屬政府擁有的永久土地。鑒於信徒日增，更成立維多利亞教區派遣主教管理，教堂改稱座堂。教會另於西邊鐵崗興建會督府、聖保羅堂及書院等設施，奠定發展根基。

（前總督府）香港禮賓府

08

位於政府山上端，建於一八五五年，自第四任港督寶靈爵士開始用作總督官邸。最初僅得一座新古典主義風格的主樓，此後陸續擴建。除作官邸外，亦是接待外賓和作官式宴會的場所，當年日本簽降儀式即於此舉行。回歸後改稱禮賓府，保留既有功能。

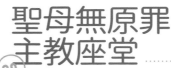

聖母無原罪主教座堂

09

一八八一年由威靈頓街遷至現址興建教堂，一八八八年啟用，後來歸主教直接管轄，又稱總堂。教堂採哥德式風格建築，呈不對稱十字形，中心位置為祭台，頂上建有鐘樓。堂內另設四座小堂，除供奉已故教宗及殉道聖人聖髑，亦保留意大利國王所贈石祭台，彌足珍貴。教堂於二〇〇三年完成復修，獲聯合國教科文組織頒發嘉許。

中國銀行大廈  ⑩

原址是第一代大會堂，一九四七年由中國銀行香港分行投得地皮以興建總行大樓。一九五〇年落成，是當時最高的建築物。大樓內部為鋼筋支架結構，外牆以花崗岩石疊砌並鑲設傳統紋飾，極具民國風格。一九九〇年，總行遷入金鐘的新中銀大廈，現時為中銀中區總行。

匯豐總行大廈 ⑪

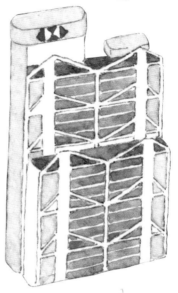

原址是第一代大會堂，地皮轉售後改為匯豐銀行總行，於一九三五年啟用，長期作為香港繁榮的象徵。門前放置一對名為施迪和史提芬的銅獅，令銀行形象更深入民心。大樓於一九八〇年代拆卸後，重建成現貌。二〇一五年適逢該行一百五十周年，總行地下通道鋪設成中環海岸地圖及豎立大型説明牌，展示銀行輝煌歷史。

（舊最高法院大樓） 終審法院 ⑫

一九〇〇年代，鑒於香港人口持續增長，而法庭設施不敷應用而增建最高法院，並於一九一二年啟用。大樓建築糅合古羅馬及希臘風格，配以多種紋飾和雕像，別具特色。正門廊柱上豎立泰美斯女神像，雙目遮蔽、手持天秤，象徵公正公義。大樓曾用作日治憲兵部、立法局、立法會大樓，現為終審法院。

皇后像廣場

13 十九世紀末，港府在新填海地段興建廣場，豎立維多利亞女皇銅像，故稱皇后像廣場。日治時期，銅像被移送日本擬作兵器原料，戰後被尋回送返香港，另址安置。戰後，原址由港府及匯豐銀行合力改建為公園，並安置匯豐大班昃臣爵士銅像，供市民參觀。

和平紀念碑

14 一九二三年，港府為紀念第一次世界大戰為國捐軀之英軍而興建，後來亦紀念二次大戰中殉難的盟軍將士，每年均有紀念儀式舉行。紀念碑由花崗石砌成，頂部作長方石棺狀，兩邊刻有「英魂不朽，浩氣長存」及「The Glorious Dead」等字樣，回歸後易名「抗日勝利紀念碑」，已列為法定古蹟。

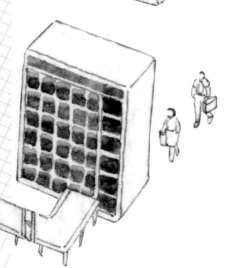

香港大會堂

15 大會堂的歷史可追溯到一八六九年，至一九三〇年代轉售匯豐銀行作總行。一九五〇年代，政府在現址興建新大會堂，於一九六二年落成啟用。大會堂分高低兩座，設有音樂廳、展覽廳、圖書館、婚姻登記處及二次大戰紀念龕等，是港島重要的公眾文娛空間，亦是政府舉行官方儀式和慶典的場地，已列為法定古蹟。

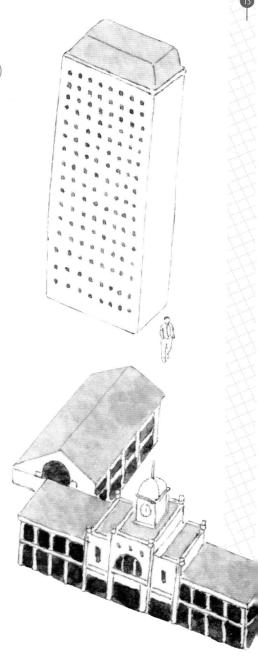

郵政總局 16

一九七六年啟用，是本港第四代郵政總局，屬戰後罕有樓高只有五層、且座落中環海濱的公共建築，惟近年根據中環新海濱用地的規劃大綱，它將面臨拆卸並改建為寫字樓，引起市民極大關注。

怡和大廈 17

原稱康樂大廈，一九七三年落成，樓高五十二層，是當時亞洲最高建築物。大樓為四方柱體，牆身配以逾二千個圓窗，極具特色，是本港重要地標之一。一九八八年怡和公司總部遷入，並易名怡和大廈，沿用至今。

中環碼頭 / 香港海事博物館 18

一九九〇年代，受中環填海計劃影響，原有港外線碼頭遷至國際金融中心對出海旁。碼頭設施一連九座，以數目為序。如1號碼頭為政府碼頭、9號為公眾碼頭、8號碼頭改作海事博物館，其餘則屬離島及九龍航線。

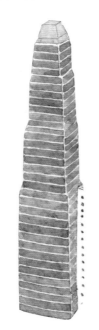

（IFC）

國際金融中心 ⑲

一九九〇年代，港府在中環填海，計劃
興建鐵路站，並在上蓋興建商廈商場。
工程由本港建築師嚴迅奇聯同阿根廷裔
建築師西薩·佩里設計，一連兩座，分別
高三十八層及九十三層，於二〇〇三年
落成，其中第二期更是當時全港最高建
築物。

（舊中區警署）

中環大館 ⑳

建於一八六四年，屬古典式建築，先後
三次擴建，曾作警察總部，故規模廣
大，俗稱「大館」。背後連接中央裁判司
署及域多利監獄，形成森嚴的管治氛圍，
具震懾華人的效果。二〇〇五年警隊遷
出後，原址聯同周邊建築群獲保育，復
修後作古蹟導賞及藝術館之用。二〇
一八年對外開放。

石板街 ㉑

殖民政府興建的第一條直街，最初由皇
后大道中起上接荷李活道，因街道陡
直，故以花崗石鋪設，便利行人上落，
故稱石板街，後來為紀念首任總督而命
名為砵甸乍街。隨着中環填海擴充，街
道延長至干諾道，全長四百米，上段設
有排檔，下段則貫穿多座商業大廈。

都爹利街石階及煤氣路燈 ㉒

約建於一八八〇年代，是本港僅存以煤氣運作的街燈。當年，港府為加強晚間治安管理，決定以油燈或燭台設立街燈，直到煤氣公司成立便改以煤氣照明。現存燈柱為英國製「雙燈泡羅車士打」款式，配合六十餘級的石階與圍欄，保留歐陸風味，已列為法定古蹟。

（舊牛奶公司倉庫）
香港外國記者會會所／藝穗會 ㉓

位於雲咸街與己連拿利交界。原倉庫建於一八八六年，主要貯藏從華北入口的冰塊。一八九二年擴充成現貌，分成南、北兩座，除作牛奶公司總部，亦增建屠房、餅房、食品工場等。一九八一年牛奶公司遷出，北座改為外國記者會會所，南座則由藝穗會購入。

蘭桂坊 ㉔

該處原為華人住處，港島開埠初期，因英軍經常流連雲咸街與德忌立街一帶尋歡，坊俚戲稱「爛鬼坊」，與附近聚集西洋妓女的吉士笠街同為紅燈區。一九七八年起，陸續有西式娛樂場所在此開業，故雅稱為蘭桂坊，現已成為著名旅遊景點，每逢週末及西洋節日均有街頭派對。

（SoHo 荷南美食區）

中環蘇豪

㉕

中環荷李活道以南，酒吧林立，是上班族及外籍遊客熱門的消閒地帶，稱為蘇豪區。據說 SoHo 實取自 South of Hollywood 的字頭而成。近年擴展至士丹頓街、伊利近街、必列者士街及雲咸街一帶，因雲集中外食肆，每天黃昏過後及週末假期，門庭若市。

嘉咸街街市

㉖

嘉咸街長約三百米，由皇后大道中上達士丹頓街，是港島最古老的露天街市。開埠以後，華人被遷至上環一帶生活，居民於嘉咸街之窄巷擺賣，販售魚肉蔬果、糧油雜貨，漸漸成為市集。近年陸續有發展商收購地段改作大廈或酒店，僅存的傳統市集面臨消失。

PMQ 元創方

㉗

原址為城隍廟，一八九〇年改作中央書院（皇仁書院），二次大戰期間被炮火破壞，改作日軍騎兵隊司令部，戰後改為已婚警察宿舍，供華籍員佐級警員使用。二〇〇〇年重新規劃用途，原擬出售，最終活化為元創方，吸引文創特色小店進駐，作文藝及旅遊用途。

（甘棠第）
孫中山紀念館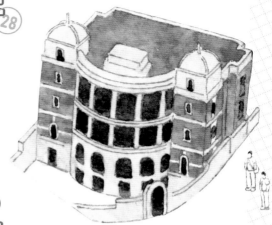

建於一九一四年，是港紳何甘棠之宅
第。大樓高四層，以鋼筋為結構，設計
則屬古典建築風格，內外配以華麗裝
飾，極具氣派。一九六〇年轉售，曾用
作教會會所，後由政府收購，改作孫中
山博物館，現已列作法定古蹟。

（舊病理學院）
香港醫學博物館

原稱香港細菌學院，建於一九〇六年，
是本港首間細菌學檢驗所，由主樓、職
員宿舍及動物飼養所（已拆）組成。三
幢樓房均為紅磚建築，屬愛德華式風
格。一九七二年改作衛生署倉庫，到
一九九五年改作香港醫學博物館。

文武廟

建於一八四七年，由中上環之華商倡建，
是殖民時期港島西岸重要的華人信仰及議
事的中心。該廟為兩進三間建築，主殿供
奉文昌帝君、關聖帝君及列聖諸神，兩邊
另設公所及書院，反映文武廟集信仰、慈
善及調解紛爭、凝聚社區的功能。因具重
要歷史意義，已列為法定古蹟。

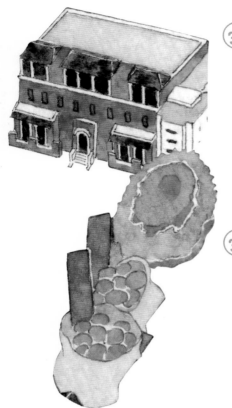

香港中華基督教青年會中央會所

③31

香港基督教青年會於一九〇一年成立，最初租賃會社活動。一九一八年在現址建成中央會所並作總部，大樓高六層，以紅磚砌成，內設集會堂、體育館及本港首個室內泳池，可供市民使用，是當時少數的文康活動空間，魯迅亦曾在此演講。

海味街

③32

港島開埠後，華商集中在上環設舖，批發南北雜貨，其範圍涵蓋德輔道西、永樂街、文咸街及高陞街一帶。部分店戶更是前舖後居，自設工場進行加工，漸漸聚集成專營海味、藥材及參茸買賣的特色街道。

摩羅街

③33

摩羅街，原分上下兩段。開埠初期有印巴籍人士聚集擺賣，坊俚戲稱為「摩囉」。後來街道兩旁聚集古董商店，街上則佈滿地攤，擺賣廉價「老鼠貨」，甚得遊客喜愛，外國人形容搜尋老鼠貨如貓兒尋鼠，故稱「貓街」。後來，下街擴張改成樂古道，現僅存上街。

香港十八區文化地圖

灣仔區

香港島

大坑舞火龍

01

相傳昔有「蛇妖」為禍釀成瘟疫，後得觀音指示，以草紮成龍形，插滿香枝巡遊街巷。居民於中秋節前後如法施行，果然平息災禍，此後定於每年農曆八月十四日，一連三晚舉行，演為本土風俗，現已列入國家級非物質文化遺產名錄。

大坑蓮花宮

02

大坑蓮花宮建於道光年間，該處原為山坑低處，大石嶙峋。相傳觀音顯靈，居民在石下搭建廟壇供奉，後依山建廟，正面呈六角形樓台，大門設於左右兩邊，建築別有特色。現已列為法定古蹟。

勵德邨

03

位於大坑，建於一九七五年，因擁有兩座全港獨有的圓筒形公屋大樓而聞名，而屋邨位處半山，飽覽維港及對岸景色，許多電影和廣告都在這裏取景。全邨共八座，由勵潔樓、德全樓及邨榮樓組成，邨名是紀念前工務司鄔勵德而命名。

虎豹別墅

原是富商胡文虎兄弟的宅第，又稱「萬金油花園」。園內建有中式別墅一幢，內部則以南洋風格陳設，別具特色。後園則建造七層佛塔及各式懲惡浮雕，供市民參觀，以宣揚勸善精神。一九九九年公園拆卸，別墅交由政府管理，活化後開放。

東蓮覺苑

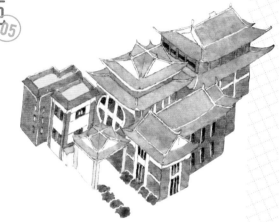

港島首間佛教寺院，由何東爵士夫人張蓮覺女士創辦，建於一九三五年，是一所集佛學與女子教育於一身的都市佛堂。苑內置有晚清與民國名人手跡遺墨。佛堂用於教育，不作開放。假日則辦有宗教活動，供信徒隨緣參與，已列為法定古蹟。

景賢里

建於一九三七年，是港商李寶椿興建的別墅式豪宅。大樓屬嶺南三合院格局，糅合中西建築風格，是戰前的優秀建築物。一九七八年轉售，易名景賢里。二〇〇七年業主清拆大樓，政府作緊急保育，隨後宣佈為法定古蹟，交政府復修及管理，日後開放。

寶雲道姻緣石

姻緣石位處寶雲道，是天然大石，因狀若陽物，遂有居民供奉祈求夫妻恩愛，早得子嗣。一九六四年，善信集資粉飾，將石頭繪成人形，定名姻緣石，並於石下設立神壇供奉。每逢農曆初六、十六及二十六日，均吸引男女善信前赴禮拜，祈求良緣。

香港墳場

俗稱跑馬地墳場，於一八四一年啟用，以安葬殉職英軍，一八四五年劃為墳場，交由聖公會管理，現已關閉停用。園內有逾一萬三千座墓地，包括各國教士、官員、軍人及商旅，後來放寬予少量華商使用。由於墳場主要安葬外籍人士，華人將之戲稱為紅毛墳場。

跑馬地馬場

一八四六年，英人引入賽馬活動，選址黃泥涌谷地舉行首次賽馬。一八八四年成立賽馬會，招收會員及興建競賽設施，並定期舉行賽事，漸成地標，稱為「跑馬地」。現時，馬場設貴賓席及公眾席看台，供成人入場觀看賽事。另設賽馬博物館，介紹賽馬歷史和發展。

波斯墳場 ⑩

又稱祆教墳場，創立於一八五二年，乃本港唯一之波斯墳場，下葬者均為祆教信徒，包括律敦治家族及麼地爵士。墳場現歸瑣羅亞斯德教慈善基金信託委員會管理，平時由園藝公司打理。又園內之亭子、禮堂及園丁宿舍已評為二級歷史建築物。

錫克廟 ⑪

香港開埠後，部分錫克教徒由印度來港任職警察，特向政府申請興建教壇，作為信徒禮拜及聚會的場所。廟宇位於司徒拔道口，樓高兩層，上層為正殿，供奉大型聖典，每日由主祭以旁遮普語祈禱。下層毗連花園，設有圖書館及食堂等，可供公眾參觀及享用。

海軍界石 ⑫

位於司徒拔道口山坡花叢。英治時期，摩利臣山曾設立軍營，遂於軍營邊緣豎立若干界石。界石高約一呎，呈方形，正中刻有海軍船錨標誌，其上刻有「7」字編號，下方則刻「1905」年字樣。附近之律敦治醫院亦有其他編號的界石。

（藍屋）
香港故事館 ⑬

原址為華佗醫院，後改作華佗廟。一九二二年改建成四層高唐樓。一九九〇年代因政府以藍色油漆翻新外牆，坊里稱為「藍屋」。二〇〇九年政府收回業權作活化，並以「留屋留人」方式整幢保育，僅作基本復修。而地舖則闢為「香港故事館」，展示街坊昔日生活情況。

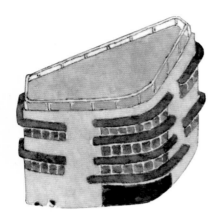

舊灣仔街市

14

灣仔街市建於一九三七年，設計屬德國包浩斯風格，以當時最先進的鋼架結構技術建造，可減少樑柱，讓內部空間更為廣闊，充分配合攤檔擺賣的實用需要。二〇〇九年，地皮轉售，發展商改建為住宅大廈，僅保留正面外牆。

（舊灣仔郵政局）
灣仔環境資源中心

15

建於一九一三年，建築物呈「L」型，原作警署用途，一九一五年改作郵政局。一九九三年，建築物翻新，保留原有格局改作環境保護署的環境資源中心，提供環保資訊、圖書庫及學習平台，供市民免費參觀。

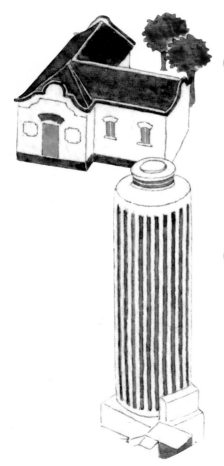

合和中心

16

原址是迪龍里，舊有濟公佛堂，一九七〇年代改建為合和中心，一九八〇年落成，是香港首幢圓柱型商業大廈，亦是當時香港最高建築物。頂部六十二樓設有本港現存唯一的旋轉餐廳，雖曾於早年結業，但二〇一五年轉手重開，地台可作三百六十度旋轉，顧客安坐用餐，即可欣賞港九全景。

皇都戲院 ₁₈

電車駛過英皇道二七九至二九一號，其中一處地標式建築必然是皇都戲院。此處前身為一九五二年落成的璇宮戲院，四五十年代，有「小上海」之稱的北角，璇宮戲院滋養了不少上海人的靈魂，並打造成國際級表演級舞台。一九五九年，璇宮戲院改裝成皇都戲院及商場，播放了不少膾炙人口的電影，如《半斤八両》、《英雄本色》、《胭脂扣》。皇都戲院入口上方有一幅

八米高乘八米闊的「蟬迷董卓」大型浮雕，以及獨有俗稱「飛拱」的拋物線混凝土天台桁架結構，是戰後現代主義建築中極具代表性的建築。二〇一七年獲評為一級歷史建築，經新世界發展商收購及活化，計劃於二〇二六年重新開放。

鰂魚涌怪獸大廈 ₁₉

一九六〇年代初興建，原名為「百嘉新邨」的私人住宅。昔日報章廣告可見，「樓價最平」、「交通便利」、「一萬五千元起」均是其優點所在，可惜發展商中途失蹤，後由五間發展商接手興建並分拆出售。建築位於英皇道鬧市中央，密集型及參差不齊的高度，站在中庭有如被巨型大廈包圍之感，「怪獸大廈」因而得名。震撼的視覺效果更吸引荷里活電影《變形金剛：殲滅世紀》來取景，隨後吸引不少遊客到訪打卡，令鰂魚涌「怪獸大廈」一夕爆紅。

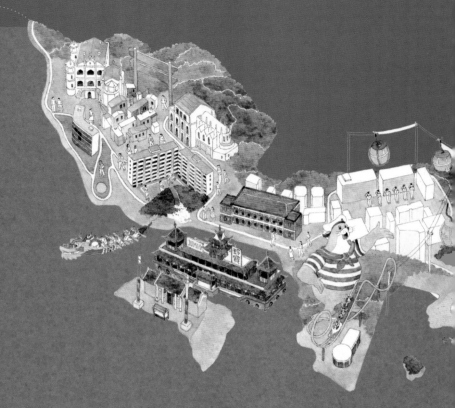

南區是港島最大的行政區域，西起薄扶林、香
港仔、淺水灣、赤柱至石澳，面積廣闊。早於
石器時代已有居民活動，明代更發展成香木及
瓷器的轉銷重鎮，「香港」的名字就是從這裏
而來，極有意義。開埠以後，除了香港仔保留
漁民生活，港府曾在區內設置若干炮台及少量
重型工廠，其他地方因遠離中區，甚少開發，
吸引官商富豪居住度假，發展成低密度豪宅區
域，部分更成為旅遊熱點，諸如淺水灣、赤柱、
石澳等，經常吸引市民及遊客前往度假。

南區

香港島

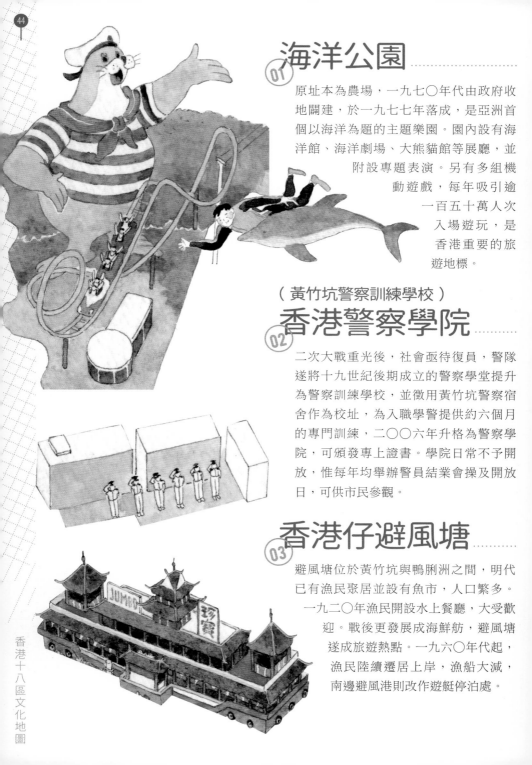

海洋公園

01

原址本為農場，一九七〇年代由政府收地闢建，於一九七七年落成，是亞洲首個以海洋為題的主題樂園。園內設有海洋館、海洋劇場、大熊貓館等展廳，並附設專題表演。另有多組機動遊戲，每年吸引逾一百五十萬人次入場遊玩，是香港重要的旅遊地標。

（黃竹坑警察訓練學校）

香港警察學院

02

二次大戰重光後，社會亟待復員，警隊遂將十九世紀後期成立的警察學堂提升為警察訓練學校，並徵用黃竹坑警察宿舍作為校址，為入職學警提供約六個月的專門訓練，二〇〇六年升格為警察學院，可頒發專上證書。學院日常不予開放，惟每年均舉辦警員結業會操及開放日，可供市民參觀。

香港仔避風塘

03

避風塘位於黃竹坑與鴨脷洲之間，明代已有漁民聚居並設有魚市，人口繁多。一九二〇年漁民開設水上餐廳，大受歡迎。戰後更發展成海鮮舫，避風塘遂成旅遊熱點。一九六〇年代起，漁民陸續遷居上岸，漁船大減，南邊避風港則改作遊艇停泊處。

鴨脷洲洪聖古廟

相傳約於乾隆三十八年（一七七三年）由鴨脷洲居民所建，設計為清朝兩進三間式，古廟至今仍保存不少珍貴的歷史文物，如乾隆年鑄造的古鐘及清代石灣陶塑等。每逢農曆二月十三日洪聖誕期，是區內的年度盛事。

香港仔龍舟競渡

香港仔原為人口密集的漁港，每逢端午節，漁民舉行龍舟競渡慶祝，相傳已有百多年歷史，是本港最早舉行龍舟比賽的地方。近年由香港旅遊發展局推廣，吸引本地居民及中外遊客欣賞比賽，已列為年度體育與旅遊盛事。

（舊香港仔警署）

蒲窩青少年中心

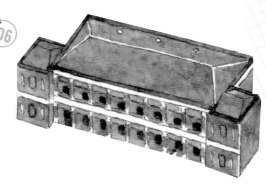

建於一八九一年，大樓以紅磚建造，兩層高，設有報案室、囚室等，二樓為已婚警察宿舍，周邊附設飯堂及洗衣房等。戰時被日軍炸毀，後重建成現貌，一九六九年改作水警訓練學校，一九九五年重修後轉予福利機構使用，專供青少年活動。現已列作二級歷史建築物。

華富邨
瀑布灣公園

07

公園位於港島西南岸，原有天然瀑布，乃十九世紀初，外來商船停泊取水之處，一九七〇年代闢作公園。坊間相傳，該處水源甘香甜美，香港之名由此而起。清代《新安縣志》亦列作八景之一，名「鼇洋飛瀑」。

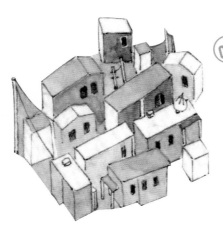

薄扶林村

08

薄扶林村是港島僅存古代村落，建於康熙年間，村民均為客籍移民，以務農為業。相傳清末時期，有鬼怪作祟，村民得李靈仙姐報夢驅邪，村民建五米磚塔酬恩答謝。每年農曆四月十五日仙姐誕例有祝儀，而中秋節更有「舞火龍」儀式，饒有意義。

（杜格拉斯堡）
大學堂

09

原為英商杜格拉斯（Douglas Lapraik）府邸，一八九四年由巴黎外方傳教會購入作宿舍及印書館等，改稱納匝肋修院。日治時期徵作憲兵總部，重光後恢復用途。隨着國內傳教情態改變，印書館於一九五三年結束，翌年轉售香港大學改作學生宿舍，易名大學堂。現已列為法定古蹟。

數碼港 ⑩

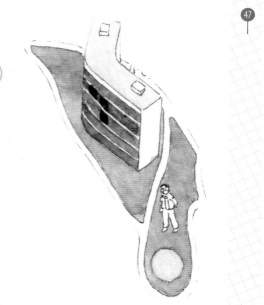

位於港島西南岸薄扶林與石排灣之間的鋼線灣，由特區政府倡導建設，以配合一日千里的高科技事業，推動本港經濟的轉營與持續發展。數碼港由商廈、商場、酒店及住宅所組成，海邊闢有休憩公園，可供市民攜同狗隻遊玩。

薄扶林水塘 / 薄扶林郊野公園 ⑪

一八五九年，因應港島人口增長，政府興建首個公用水塘，主要向半山及維城地區供水。首座水庫在一八六三年竣工，但面積細小，儲水量低，隨即興建第二座水庫，容水量增至六千八百萬加侖。一八七一年各項工程完竣，至今仍繼續運作。由於水塘具歷史意義，部分設施已列作法定古蹟或歷史建築物。

伯大尼修院 ⑫

原為巴黎外方傳教會的會院，供在華傳教士休養之用。大樓建成於一八七五年，設有小教堂、酒窖等，尤以教堂的十九幅彩繪玻璃最具特色。新中國成立後，傳教士陸續撤離內地，修院角色減退。一九七四年修會出售物業，最終歸屬政府產業，改作其他用途，現歸演藝學院使用，作古蹟校園。

南區

香港島

淺水灣泳灘

位處港島南岸，灘岸呈半月形，沙幼綿長，是著名海灘。一九二〇年，淺水灣酒店開業，地區更趨優雅，漸成高尚住宅區。戰後由政府闢作泳灘供市民使用。一九七〇年代，拯溺總會在沙灘南部闢建公園，建造大型觀音像、天后像及其他景觀，吸引遊客參觀。

赤柱美利樓

原址位於中環美利道，即現今中銀總行大廈位置。一九九〇年代拆卸，因原建築獨特，建材獲特別保存，後於赤柱現址復建。美利樓是本港首座以拆遷方式復置的歷史建築物，現改作餐廳、商舖及博物館等用途。

赤柱市集 / 赤柱大街

戰後，赤柱居民開設酒吧食肆，應接休班英軍，漸漸開發為歐陸風味的消閒區域。原有的樓房闢作商店，並吸引攤販聚集，專營衣飾、工藝等旅遊紀念品，遂有赤柱市集或赤柱大街之稱，現已發展為本港著名旅遊景點。

舊赤柱警署 ⑯

成立於一八四四年，一八五九年改建成現貌，是香港最早期警署之一，由主樓、馬廄組成。日治時期曾徵作憲兵辦事處，戰後恢復警署用途。一九八三年列作法定古蹟，一九九〇年代轉作商業用途，曾作餐廳及超級市場。

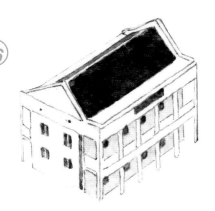

赤柱監獄 ⑰

建於一九三七年，屬本港最高度設防的監獄。日治時期徵作拘留營，囚禁人數多達二千人，戰後恢復用途。赤柱監獄是戰後本港唯一執行死刑的地方，死囚遺體則送到附近的監獄墳場安葬。二〇〇二年，署方於監獄前另設懲教博物館展示歷史文物，新近設有監獄體驗活動，可供學生參與。

赤柱軍人墳場 ⑱

墳場建於港島開埠初期，當時英軍在赤柱登岸駐紮，利用海灣山坡安葬殉職將士與家眷，後停用。二次大戰期間日軍重開啟用，埋葬戰俘及平民。戰後，則安葬因香港保衛戰而陣亡的盟軍士兵。今歸英聯邦國殤紀念墳場委員會管理。

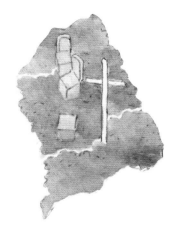

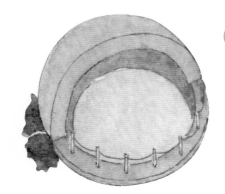

春坎角炮台

19

一九三〇年代，港府為加強海防，於南區增設三座炮台，包括春坎角炮台。該炮台位於山麓，須由春坎角道盡處步行十分鐘始達。炮台原設上下炮位，周邊附設兵房、碉堡、探射燈台等，二次大戰後荒廢。今闢為休憩處。

大潭水塘

20

港島最大型水塘設施，由一八八三年起分階段建造，包含四座水塘、水壩、石橋、抽水站、掣房、宿舍等。自水塘啟用後，港島供水問題基本解決，衛生與經濟發展亦得以改善與擴展。二〇〇九年，政府將水塘內的二十二項設施列為法定古蹟，開闢大潭水務文物徑供市民參訪郊遊。

大潭無字碑

21

大潭港兩邊有無字碑兩座，一位處松柏徑臨海山麓，另一位處石澳道之石碑山。石碑由水泥建造，呈方尖狀，高約十米，碑身無字，故名。相傳為便英軍潛艇隊駛進港灣，故豎立兩碑以便艇員準確測度進港位置，惟至今未有資料可考。

群帶路里程碑

22

位於大潭水塘上水壩路邊，相傳英軍在赤柱登岸，因不識道途，詢請村民陳群帶路往中環，其所帶路線即為「群帶路」，事後沿路建立里程碑。該碑呈三角石柱狀，尖頂，高及人身。北面碑身刻「Victoria 5 Mile 群帶路・五英里」，南面則刻「Stanley 14 Mile 赤柱・十四里」字樣。

大浪灣石刻 ㉓

位於石澳東岸大浪灣，石刻面向臨岸石
涯，一九七〇年被發現。圖紋呈幾何形
狀，狀似鳥獸或饕餮紋，亦有指圖形有
頭、眼、頸和身軀，兩旁的螺形紋，如
同張開的手臂，儼如「外星人」擺出一
副威嚇的姿勢，推斷紋理為鎮壓海上災
患。現已列作法定古蹟。

鶴咀燈塔 ㉔

香港開埠發展成貿易港，海路交通重要
而頻繁，一八七五年設立三座燈塔。本
燈塔高約十米，身呈圓形，是本港首座
燈塔設施。後因橫瀾島燈塔啟用，失去
導航價值，故於一八九六年停用，照明
燈拆遷他處使用。一九七五年，政府重
啟燈塔，使用至今，現已列作法定古蹟。

油尖旺區是整個九龍的核心地帶，自一八六〇年簽訂《北京條約》割讓九龍半島以後，政府集中開發九龍半島中部山脈以西地區。最初以尖沙咀為軍事地帶，後來展拓為商貿及交通樞紐；油麻地則為華人生活圈，以榕樹頭為地區經濟及社區中心，後來才擴展至旺角一帶。全區以彌敦道貫穿，沿途遍佈商業設施、名店及大型商場，展現經濟活力的一面。周邊則保留不少特色街道及歷史建築，足可反映九龍地區發展的歷程及華人生活的辛酸。

油尖旺區

九龍

園圃街雀鳥花園

01

一九九〇年代，原位於上海街與亞皆老街交界的「雀仔街」受重建影響，專營雀鳥及相關用品的店販被安置到花墟園圃街的雀鳥公園繼續營業。現時，園內有七十個商舖，每天有不少「雀友」前來聚集交流，形成獨特的景致，頗能吸引旅客前來參觀。

界限街

02

由大角咀直通九龍城的街道，約近三公里。該處是一八六〇年《北京條約》割讓九龍半島的界線（Boundary Line）。至一九三四年為配合地區開發而興建成馬路，沿用舊稱命名為界限街（Boundary Street）。回歸以後，政府按《中英聯合聲明》規定徵收地租，仍以界限街為界線，在此以南地區可獲豁免徵收。

雷生春

03

位處荔枝角道口，原屬台山華商雷亮先生之洋房住所，建於一九三一年。洋房樓高四層，以混凝土建造，設計糅合廣東唐樓與意大利建築風格，尤以正面的弧形設計最為特別。地下原作中藥醫館，戰後曾改為洋服店，至一九八〇年代廢置。近年捐予香港浸會大學活化為中醫藥學院診所。

旺角花墟

04

早於二次大戰以前已有花農在界限街附近設置流動市集，專營鮮花批發，故稱花墟。一九五〇年代末改建成花墟公園，花商遷到花墟道一帶經營，至今已逾百間鮮花園藝店舖，成為全港最主要的鮮花批發市集。

旺角水月宮 05

原址位於亞皆老街與窩打老道交界，舊稱「大石鼓廟」，一九二六年因街道工程影響而遷至現址重建，轉交廣華醫院管理。廟宇由客籍坊眾捐建，主奉觀音娘娘、六十太歲等神靈，兩邊附設公所及書院，處理坊眾事務。門前尚存建廟碑記，可資研究。

朗豪坊 06

原址為康樂街（雀仔街）。二〇〇〇年重建成大型商場及辦公大樓，於二〇〇五年開幕。商場樓高十五層，設有各式精品商舖及食肆，附設電影院及美食廣場。商場北翼設有高級辦公大樓，毗連香港康得思酒店（前旺角朗豪酒店）。自開業以來成為旺角的主要地標。

西洋菜街 07

西洋菜街介乎於界限街與登打士街，接連太子至旺角，名字源於昔日的農田，至上世紀二十年代才闢作街道。八十年代，許多新潮電器店舖開業，連同周邊街道排檔，發展成九龍最繁盛的區域。二〇〇〇年起更限時劃定作行人專用區，各種文化表演者紛紛駐場表演及擺賣，例必吸引途人圍觀；二〇一八年專用區被撤銷。

（通菜街）
女人街 / 金魚街 08

旺角昔日稱為芒角，原指荒涼地帶，後有人種菜及經營洗衣。一九二〇年代，因拓展道路，自界限街至登打士街一帶街道特以菜蔬名稱命名。到一九七〇年代，有商販聚集於旺角通菜街南段擺賣衣履雜物，發展成世界知名的特色街道，通稱女人街。另北段則集中售賣水族及寵物用品，坊稱金魚街。

波鞋街（花園街）

09

該處原為芒角村地段，二十世紀初曾闢為煙廠的花園。約至七十年代，旺角道以北的花園街有商販設檔擺賣衣履果食，漸漸形成廉價衣飾品的集中地。南段的四個街口則集中開設運動用品商店，高峰時期多逾五十間，故有「波鞋街」之稱。

中電鐘樓文化館

10

位於加多利山山腳、落成在一九四〇年代的中電鐘樓文化館，屹立於亞皆老街一四七號八十年餘年。三幢相鄰並立的紅磚建築物由華人建築師關永康設計，中電鐘樓樓高二十五米，三面外牆裝嵌了電力驅動的塔鐘，塔鐘上方建有玻璃飾磚，構成別樹一格的建築特色。中電鐘樓文化館現為一級歷史建築，活化成文化館後，開放予大眾參觀，展示與中電發展有關的歷史文物之餘，建築物後方花園更放置了已退役的第五代山頂纜車車廂，供遊人休息及打卡。

東華三院文物館

11

文物館於一九七〇年成立，前身是一九一一年落成的廣華醫院大堂。大樓樓高兩層，屬傳統一進三間式房屋，中央為禮堂，牆上懸掛珍貴聯額。兩邊則闢作展廳，展示東華三院歷史及各種文物。大樓現已列為法定古蹟，除供參觀外，亦定期舉辦導賞及講座活動。

油麻地戲院 / 紅磚屋 ⑫

建於一九三〇年代，是本港僅存的戰前戲院。戲院最初播放默片，後改放有聲電影，戰後經常全院滿座，惜一九八〇年代不敵市場發展，改以色情電影作招徠，一九九八年難逃結業命運。毗鄰的抽水站宿舍舊址，是九龍區首個水務設施遺蹟，曾改作郵局、公廁及垃圾站，現時連同油麻地戲院合併活化為「戲曲活動中心」。

油麻地中華書局 ⑬

本港著名的出版機構，早於戰前已於油麻地現址設立總店，經營出版及零售業務。二〇一七年已植根香港九十載，一直肩負傳揚文化的重任。現時，書局樓高三層，專營文史哲類書刊及流行文化書籍，並舉辦多種文化講座活動，堪稱是本港同類書店的旗艦。

百老匯電影中心 / kubrick ⑭

That's why I love moviessss!

位於油麻地眾坊街三號駿發花園前的百老匯電影中心，是香港百老匯院線旗下的一九九六年十一月開幕，以播放非主流及藝術電影為主，並且定期舉辦電影節、影展等。影院附設唱片店及「kubrick」書店與餐廳，整體 Book & Café 的藝術氣息濃厚，假日幾乎滿座，吸引不少影迷或書迷流連其中。

油麻地果欄 ⑮

「果欄」周邊原為二十世紀初的墟市，販售家禽、魚鮮、蔬果等食品。初以草棚架搭，一九二〇年代陸續改建成樓房。一九六〇年代中期，僅餘果商留下經營，至今約有二百個水果攤檔營業，每天凌晨進行批發和競投，其餘時間則供市民選購。

廟街夜市 ⑯

油麻地原為貨船泊岸點，是九龍半島華人的生活中心之一。居民沿榕樹頭天后廟向南北兩邊擴展，發展成廟街。自一九二〇年代起，來自五湖四海的居民在此擺賣雜物及出售食品，亦有卜算及唱戲活動，漸漸發展成特色街道，尤其吸引海外旅客前來參觀、消費。

油麻地警署 ⑰

位於眾坊街的油麻地警署建於一九二二年，以愛德華式建築風格興建，樓高三層。警署面積呈「L」形，入口設於中間向兩邊擴展，別具氣派，現已列作二級歷史建築物，不少電視劇和電影都會在此取景。二〇一六年起，警署陸續遷入友翔道新廈，舊址則保留改作其他用途。

玉器市場 / 玉器街 ⑱

一九五〇年代起，大批廣州玉器商人遷到油麻地西貢街一帶開業，漸漸發展成玉器街。一九八〇年代，部分受交通工程影響的玉石商販被空置到甘肅街新興建的玉器市場繼續經營。場內超過四百個攤檔，以出售低廉價格玉器為主，每天吸引不少愛好者和旅客前來搜羅寶物。

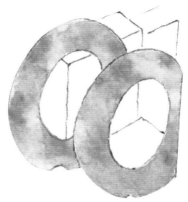

天際 100 香港觀景台 ⑲

位於西九龍環球貿易廣場，於二〇一一年開業，是唯一可以三百六十度鳥瞰維港周邊景色的室內觀景台。地面設有投射展覽、玻璃通道等設施，旅客沿途參觀，再乘專用電梯到 100 樓觀光。除觀景外，樓層設有多國風味的食肆及多用途活動室，可供飲宴或會議活動。

西九文化區 ⑳

該處屬西九龍填海區範圍，正興建成為大型的文娛藝術區域，內設大劇院、戲曲中心、當代表演中心、香港故宮博物館、M+ 等建築物，於二〇一八年陸續落成。沿海位置則闢為海濱長廊、苗圃公園及西九公園，部分已落成並設有創意市集，可供市民使用。

九龍公園

㉑

原址為清廷的臨衝炮台，一八六一年英軍接管九龍半島，在此設立威菲路軍營。一九六〇年代末，軍營遷離後改作公園，並保留炮台，而軍營大樓現改作文物探知館、衛生教育資料中心等。園內設有游泳池、運動場、中式花園、雀鳥園及兒童歷奇樂園等康樂設施，新增「香港漫畫星光大道」，擺放數十座漫畫人物雕像，別具本土文化特色。

九龍清真寺

㉒

位於九龍公園旁，始建於一八九六年。當時有大批信奉伊斯蘭教的南亞裔軍人駐守尖沙咀的威菲路軍營，因而在旁邊設立清真寺。至一九七〇年代，受地鐵工程影響，大樓出現結構問題，獲地鐵公司賠款重建，成現今規模。清真寺由大理石建造，樓高四層，可容納三千五百名信徒禮拜，是本港最大規模的清真寺。

海港城

㉓

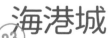

原址為貨輪碼頭，一九六〇年代改建成亞洲首個購物商場及郵輪碼頭。一九八〇年代翻新，並將毗連的商業大廈、酒店合併，總稱為海港城，是全港最大面積的購物中心。商場自開業以來，出口對開的「五支旗桿」已成為本港的重要地標。又每逢節慶時期，商場必作特色佈置，吸引市民及遊客參觀拍照。

（前水警總部）
1881 Heritage 24

原址為九龍西一號炮台，廢置後改建為水警總部，戰時曾改作皇軍駐港總部。大樓建於一八八四年，採維多利亞風格建築，後來再增建馬廄、報時塔、消防局及宿舍。一九九四年列為法定古蹟，兩年後停用。後由發展商發展，總部大樓改作特色酒店，對出空地則重建成商場，由多間國際品牌進駐。

半島酒店 25

本港最悠久的酒店建築物，於一九二八年開業。大樓原高七層，採巴洛克復興風格設計，配以各種豪華裝飾，盡顯氣派，自開業以來，既吸引中外官紳富豪入住，亦是本港重要地標。戰時曾改作佔領地總督部，港英政府的降書亦在酒店內簽署。重光後復業，至一九九〇年代擴建新翼大樓。

天星碼頭 26

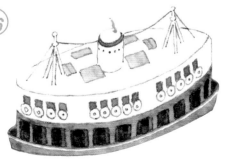

位於尖沙咀海濱，一九〇六年啟用，是當時往來中環的主要交通服務點。碼頭於一九五〇年代初重建，呈「U」形，可同時供四艘小輪泊岸。內部建築寬敞開揚，髹以白綠兩色，盡顯簡樸實用為主調的時代味道。碼頭每天如常運作，除上班族外，亦吸引旅客體驗價格親民的維港遊。

香港文化中心

27

原址是九廣鐵路總站，火車站遷拆後，部分改建成香港文化中心。大樓外形獨特，活像兩艘風帆。內設大劇院、劇場及音樂廳，並有各種活動室，供團體舉辦文娛活動。自一九八九年啟用以來，成為舉辦本地文化藝術活動的最主要場地。

前九廣鐵路鐘樓

28

一九〇四年，落實修建連接中港兩地的九廣鐵路，選定尖沙咀海邊設立大型總站，為便報時，特別建造鐘樓一座。鐘樓採愛德華式建築，以花崗岩建造，外牆配以紅磚，頂部作穹頂型，筆直高聳，港九多處均可觀見。一九七八年火車站遷拆，僅保留鐘樓，已列作法定古蹟。

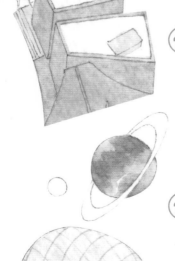

香港藝術館

29

由昔日的九廣鐵路總站範圍改建，是本港最主要的藝術展覽場館，收藏及展覽古今中外的藝術品，藏品逾一萬六千件。館內設有七個展區，除常設展外，又定期舉辦專題展覽。藝術館於二〇一五年進行翻新及擴建工程，二〇一九年重新開放。

香港太空館

30

由昔日的九廣鐵路總站範圍改建，於一九八〇年啟用，是以天文科學為主題的展館。太空館採蛋形設計，內部劃為三大展區，除物品展示，亦有漫步太空等體驗活動。而天象廳則設有數碼天象投影，可作教學及播放電影。

（訊號山花園）
大包米訊號塔 ㉛

大包米是尖沙咀海濱小丘的土名，一九
〇七年皇家天文台設立訊號塔向港內船
隻報時，故稱為訊號山。訊號塔屬愛德
華風格建築，原高兩層，後加建頂層
及方形穹頂，屋頂置有時間球，別具特
色。一九三三年訊號塔停止運作，至
一九八〇年代闢為公園，現已列作法定
古蹟。

（前九龍英童學校）
古物古蹟辦事處 ㉜

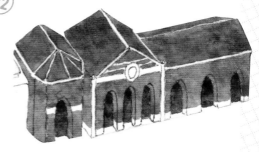

原址為一九〇二年啟用的中央英童書
院，學生以居港英人子女為主，至
一九三〇年停用。校舍分兩部分，由紅
磚建造，設金字瓦頂。右翼高兩層，設
有騎樓。左翼僅一層，內為禮堂及教
室，附有壁爐，屬典型的維多利亞式風
格。一九九一年被列作法定古蹟，現歸
古物古蹟辦事處使用，並定期設有導賞
參觀服務。

聖安德烈堂 ㉝

教堂位於山林道旁，建於一九〇四年，
隸屬基督教聖公會。當時為照顧附近的
威菲路軍營的英籍士兵，並預期九龍半
島的發展而設立英語教堂。教堂以紅磚
建造，配以木樑、彩窗等，盡顯哥德式
建築氣派。

香港歷史博物館 ③④

以介紹本地歷史為主題的展館,設有「香港故事」常設展,涵蓋自然生態、歷代沿革及民間風俗等題目,部分更設實景模型及珍貴影片,相當豐富。博物館又定期從海外或其他單位借展文物,如「俄羅斯宮廷文物」及「羅馬海軍與龐貝古城」等都是矚目的展覽。

諾士佛臺 ③⑤

毗鄰天文台,原址為十九世紀末的葡人別墅住宅區,二次大戰前後改建為樓房。一九八〇年代重建,地下平台由發展商沿路開設酒吧及歐陸風情的特色餐館,每晚吸引顧客光顧,甚為熱鬧,故有「九龍蘭桂坊」之稱。

香港天文台 ③⑥

一八七四年甲戌風災後倡議成立,專責本地氣象觀測、授時、天文等監測與警報事務。總部大樓建於一八八三年,沿用至今,內設各種監測設備。因大樓具建築與歷史意義,已列作法定古蹟。地下更設有展覽,介紹發展歷史,市民可預約參觀。

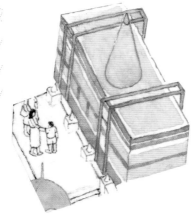

香港科學館 ③⑦

由漆咸道軍營改建成以科學為主題的展覽館。一九九一年啟用,設有十六個展區,展出約五百件展品,涵蓋各種科學範疇,部分展品更可操作和實驗。其中以「能量穿梭機」為館內最大型及可活動的展品,每天定時滾動,藉以觀察動能、聲能、光能的轉化,運作時相當震撼。

戲曲中心 38

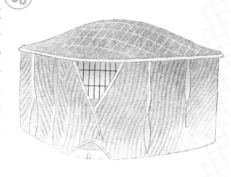

別稱「西九東大門」，位於尖沙咀西九龍文化區內，屬於西九第一個落成的表演藝術場地。對於粵劇人士，戲曲中心可說是夢寐以求的正式表演場所。香港是粵劇重要的文化交流之地，戲曲中心於二〇一九年一月正式開幕，一年一度的「中國戲曲節」在就此上演。戲曲中心設有大劇院、茶館劇場、專業排演室及演講廳，建築外形採香港傳統彩燈的設計概念，以新舊交融的方式，於現代建築中呈現粵劇及傳統戲曲表演。

M+ 39

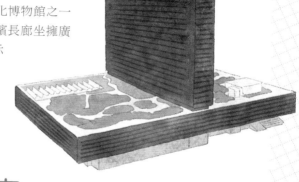

屹立於九龍半島的 M+ 博物館，二〇二一年底正式開放。被稱為世界最大的當代視覺文化博物館之一的空間，佔地六萬五千平方公尺，海濱長廊坐擁廣闊的維港景色。博物館以收集、展示和詮釋二十到二十一世紀的視覺藝術、設計和建築、流動影像和視覺文化為主軸，並設有展覽廳、公共展覽空間及餐廳等設施，假日吸引不少遊客或居民到訪。

香港故宮
文化博物館 40

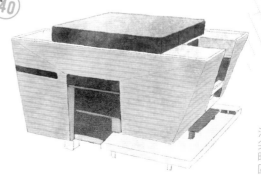

自西九文化區落成以來，香港故宮文化博物館是其重要地標之一，由香港賽馬會慈善信託基金撥捐建成，於二〇二二年七月正式開放。北京有一故宮，香港現也有一故宮。博物館會展示來自北京故宮博物院和世界其他重要文化機構的珍貴藏品，目標在於推動公眾對中國藝術和文化的研究和欣賞，促成不同文化之間的對話。

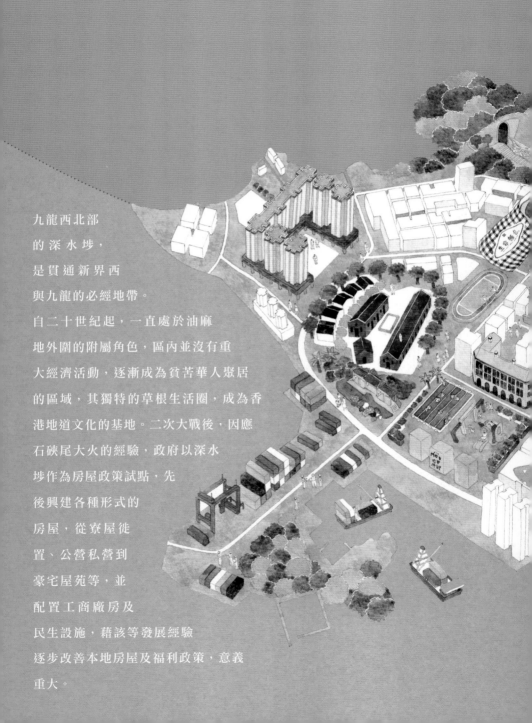

九龍西北部
的深水埗，
是貫通新界西
與九龍的必經地帶。
自二十世紀起，一直處於油麻
地外圍的附屬角色，區內並沒有重
大經濟活動，逐漸成為貧苦華人聚居
的區域，其獨特的草根生活圈，成為香
港地道文化的基地。二次大戰後，因應
石硤尾大火的經驗，政府以深水
埗作為房屋政策試點，先
後興建各種形式的
房屋，從寮屋徙
置、公營私營到
豪宅屋苑等，並
配置工商廠房及
民生設施，藉該等發展經驗
逐步改善本地房屋及福利政策，意義
重大。

深水埗區

九龍

（青山道鐘塔大樓）

嘉頓有限公司

01

一九二六年，嘉頓公司在青山道口設立廠房，以機器生產餅乾及麵包，戰後不斷擴張業務，為市民提供價廉質優的食品。一九五〇年代，廠房頂層加鐘樓一座，曾是區內最高的建築物，落成以來，不但便利居民，亦是重要地標。

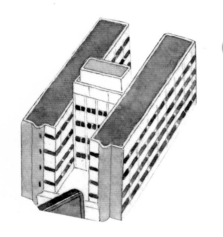

美荷樓生活館

02

是香港最早興建的「工」形徙置大廈，已被評為二級歷史建築物。經保育和活化後改為青年旅舍，設有百多個由原公屋單位改建的房間，為旅客提供住宿服務。現時，地下及一樓設有美荷樓生活館，重塑當年居民生活情況。

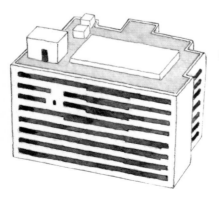

（JCCAC）

賽馬會
創意藝術中心

03

原為石硤尾工廠大廈，樓高九層。隨着區內重建，大廈改作創意藝術中心，獲賽馬會撥款支持，交由香港浸會大學經營，開放公眾租用以作藝術展覽、教育和訓練空間，現時定期舉辦藝墟和展覽，可供參觀。

高登電腦中心 / 黃金電腦商場 04

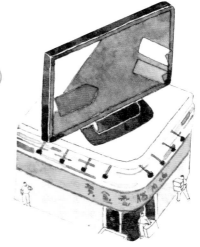

一九七〇年代，隨着電子業發展，毗鄰黃金戲院的商店售賣各式電腦用品。在電腦尚未普及時期，由於產品昂貴，商人推出組裝電腦服務並各式軟件，豐儉由人，發展成為本港最著名的電腦用品及服務集散地。

鴨寮街跳蚤市場 05

深水埗曾為禽畜飼養地，亦是貧苦華人聚居處。一九三〇年代開設二手地攤，逐漸發展成排檔及商舖。一九八〇年代，引入各種電子零件及產品，尤以音響、電訊、電子、數碼等產品及服務最為著名。

鈕扣街 / 花邊街 / 珠仔街 06

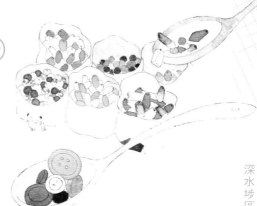

來自內地各省市的貧苦華工多到深水埗聚居謀生，港府以族群生態命名周邊街道。戰後，區內成為製衣業基地，帶動相關原料的發展，鈕扣、花邊、珠仔等店舖也分別集中在基隆街、南昌街、汝州街開業，成為衣料配件的集散地。

時裝街

07

位處欽州街和黃竹街交界的長沙灣道。戰後，大批內地製衣廠商遷到長沙灣設廠，發展成紡、織、染一條龍生產系統，是當時四大經濟產業之一。零售商人特別在區內設店，專營成衣批發和零售，現已開發成特色時裝街。

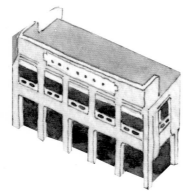

深水埔公立醫局

08

建於一九三〇年代，由區內富商黃耀東先生發起捐建，街坊響應下創立。醫局樓高兩層，採西式建築風格，設有陽台及騎樓，感覺簡潔樸實，日間用於診療，晚間則作坊眾議事空間。戰後交由政府管理，現由醫療輔助隊使用。

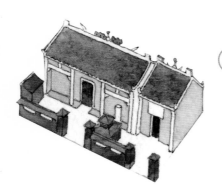

三太子宮

09

位於汝州街，相傳香港瘟疫期間，街坊從惠陽迎請哪吒神像出巡，事後感念神恩，一八九四年集資建廟，是本港唯一供奉哪吒三太子的廟宇，現已評為二級歷史建築物。廟旁另建北帝廟，供奉文昌帝君等。

深水埗警署

毗連昔日的深水埗軍營，採維多利亞式
建築風格，樓高三層，於一九二五年落
成啟用。戰時曾作拘留營指揮部，戰後
恢復警署用途，一直沿用至今，是現時
少數仍作警署用途的歷史建築物。

耶穌寶血女修會

由華籍修女創辦，致力服務鄉村貧苦大
眾，尤其關心嬰孩及病者。一九二九年
在現址建造醫院及總修院，服務區內居
民。戰後重建，並增辦孤兒院、託兒所
及學校服務，造福無數居民。

饒宗頤文化館

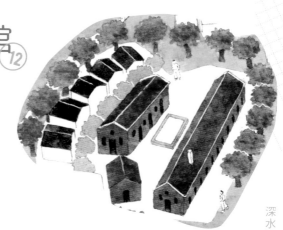

前身為監獄，後改作荔枝角醫院。二
○○九年進行保育活化，再改作饒宗頤
文化館，以展覽國學大師饒宗頤的書畫
作品。館內分作三區，設旅舍和餐廳、
歷史景點、藝術館及活動空間，定時舉
辦文化活動。

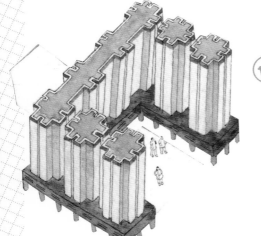

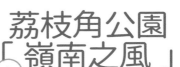

荔枝角公園 「嶺南之風」

13

位於美孚新邨對出填海區，是以嶺南風格設計的公眾休憩空間。公園以嶺南園林佈局，分十個景區，皆圍繞中央水池分佈，樓閣亭臺、流水淙淙，別有風雅韻味，經常作為電影場景，日常也吸引攝影愛好者前來取景。

美孚新邨

14

原址為石油廠油庫，一九六〇年代開發為本港第一座大型私人屋苑，合共九十九座，採「城市中的城市」概念設計。自落成至今，仍是「典範屋苑」及樓市指標之一。興建期間，曾出土兩門一八三〇年代與東印度公司貨輪相同的西式古炮，後置於萬事達廣場空間。

李鄭屋漢墓 博物館

15

一九五五年興建徙置大廈時發現，墓穴以磚石砌建，呈十字形佈局，中間築有半球體穹頂。墓道無棺柩，有陪葬品，被斷定為東漢古墓。一九五七年闢作博物館，現已列作法定古蹟。毗連的休憩處亦特別以漢式花園設計，別具風格。

深水埗公園 / 地界石 ⑯

原址為深水埗軍營，亦是九龍區最大的英軍駐紮地。一九七七年關閉後曾改作越南難民營。九十年代，軍營分批改建成房屋、西九龍中心及深水埗公園。現時，公園內尚存「軍部地界石」及陣亡軍人紀念碑，可供緬懷。

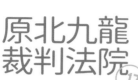

原北九龍裁判法院 ⑰

一九六〇年建成，二〇〇五年遷離後列作法定古蹟，第一法庭及大部分建築均被保留。二〇一〇年大樓由美國薩凡納藝術設計大學投得作香港校址用途，提供廣告、視覺藝術、多媒體設計等學位課程。二〇二〇年宣佈停辦。二〇二二年由香港善導會投得，將設立本港首間普及司法教育中心。

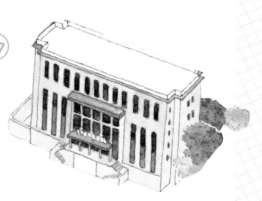

龍翔道觀景台 ⑱

龍翔道沿九龍山勢修建，由牛池灣經黃大仙至大埔道。途經筆架山設觀景台，可眺望九龍塘平原以至西岸及港島北岸地區，昔日更是觀看飛機降落啟德機場的最佳地點。觀景台設有停車場及休憩設施，附近設有巴士站，便利市民前往。

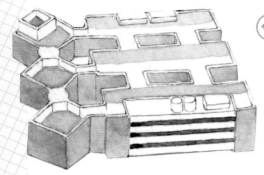

香港城市大學

⑲

一九八四年成立，原稱城市理工學院，一九九四年升格為大學，現評為本港排名第四之大學，校譽不斷提升。九龍塘校址於一九八〇年代末啟用，設有學術樓、運動中心、員生宿舍、康體及餐廳設施，現時仍不斷擴充。

又一城

⑳

乃接連港鐵九龍塘站及香港城市大學的中高檔商場，設有商業辦公室大樓及大型商場。商場採窗幕設計，日夜景致各有特色，場內除一般時裝、飲食名店外，附設電影院及溜冰場，足可舉辦世界級滑冰賽事。

深水埗大南街

㉑

在工廠尚盛行的時期，深水埗大南街四周滿佈製皮廠、布廠和飾品工廠，因此店舖及牌檔不少販售布匹、皮革和鈕扣等製品。近年大南街變化甚多，大街小巷開滿不少獨立書店如一拳書館、閱讀俱樂部等，曾經同一條街上也開辦過七份一書店。四周文青咖啡店叢生，各有風格與特色，成為不少年輕人的假日聚腳地。販售絕版玩具、模型或肥皂等極具特色的文創小店也在大南街附近開業，至於皮革製作熱潮，也再次興起。

九龍城歷史悠久，早於北宋年間已有大型村落
及官方經濟活動，宋末更有皇室蒞駐，遺留豐
富的出土文物及史蹟故事，而衙前圍村正是
九龍地區所存最古老的鄉村遺蹟。清末，因應
港九割讓英國及海防問題，清廷設立九龍寨及
巡檢司，並修築城牆防衞。隨時局發展，官署
角色不斷改變，往往牽連中英外交衝突，九龍
城的歷史意義相當重大。英治後，港府修建機
場並建造「城市」花園，周邊地區陸續開
發。二次大戰後，擴建跑道並改作民用
機場，旅客魚貫進出，區內遍設各國食
肆，發展成世界知名的美食區域。

九龍城區

九龍

⑴ 九龍寨城公園

原址為「三不管」的九龍城寨，一九九○年清拆改建為公園，並出土清代文物。園內作江南園林設計，劃成八大景區。除遊憩設施外，又將清代的巡檢司署及大鵬協衙門復修闢作展館，介紹寨城歷史及百多年來居民生活狀況。

香港浸會大學及大學會堂 ⑵

成立於一九五六年，由基督教浸信會成立，一九九四年始升格為大學。現時設有三個園區，以九龍塘本部佔地最大，未來更增建中醫院。另外，校內設有大學會堂，曾為本港主要的藝術表演場地，設有演奏廳、貴賓房、展覽場等設施。

⑶ 九龍仔公園

位於九龍城延文禮士道後山，佔地寬敞。當年興建公園時，因山丘頂處接近啟德機場的降落航道，須略為夷平，此後髹上紅白色方格，成為區內特色地標。公園內另設運動場、真草足球場、硬地七人足球場、游泳池等多項康體設施。

黃大仙區

九龍

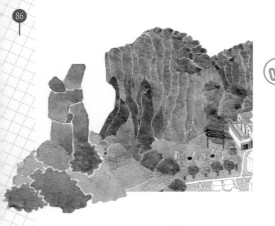

獅子山郊野公園

01

本港最早劃定的三個郊野公園之一，亦是九龍市區唯一的郊野公園，範圍覆蓋黃大仙至沙田一帶山脈。公園內設有鷹巢山自然教育徑及紅梅谷自然教育徑，並有回歸亭、獅子石、望夫石等景點。郊野公園東西兩邊另有遠足徑，可供途人登高。

獅子山公園

02

公園位於馬仔坑，乃黃大仙區內的大型公園，歸康樂及文化事務署管轄。園內設有各種康體設施、兒童遊樂場、燒烤場及社區園圃等。公園北邊出口連接獅子山郊野公園，沿路可達獅子山山峰。

慈雲山觀音佛堂

03

位處沙田坳道近獅子亭之山坡，舊傳有廟宇供奉觀音，慈雲山之名即由此而來。廟宇建於咸豐年代，近年重修擴建。廟後另有姻緣石及寶照石，甚多善信前往參拜祈願。

慈雲閣

04

一九六七年由潮汕人士捐建之廟宇，尤以一九八〇年代以接收「神牛」事跡最為市民稱道。經過數十年擴展，現設多層殿閣，其中以「十八層地獄」浮雕隧道最為矚目，其雕塑生動，既有勸善教化功能，亦是美工藝術的佳品。

觀塘位於九龍東部，前臨海灣，西接西貢，範圍涵蓋九龍灣、牛頭角、茶果嶺及鯉魚門一帶，並周邊山脈。翻查文獻，宋代已設有官方鹽場，古稱官塘。清代曾為海盜巢穴，後來開發為打石業基地。英治以來，未有重大發展。至二次大戰後開闢為工業重鎮，吸納廣大的勞動人口，奠定本地經濟起飛的基礎。近年則加速重建及規劃，並配套會議中心、大型商場商廈及藝術園區，銳意打造為東九龍的商貿核心地帶。

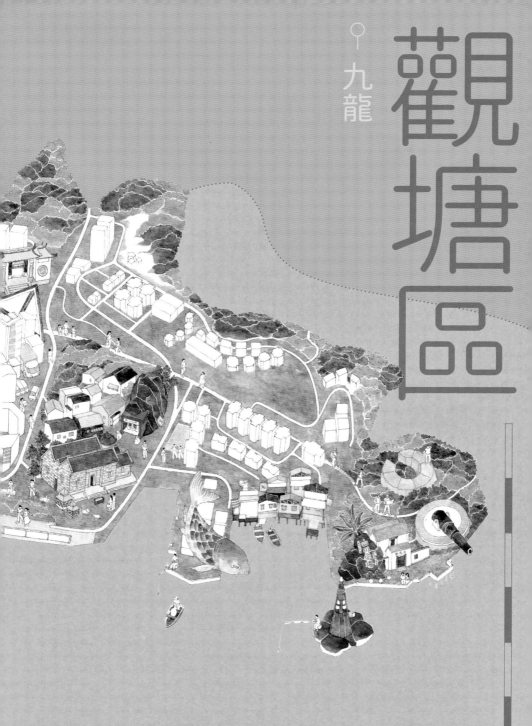

觀塘區

九龍

鯉魚門
海鮮美食村

01

鯉魚門原為漁民及礦工聚居的海濱村落，一九六〇年代，部分漁民開設餐館，直接出售及烹製新鮮漁獲，逐漸發展為世界知名的海鮮美食村，每天吸引不少市民及中外遊客前來品嚐，體驗地道漁港風情。

鯉魚門燈塔

02

位於鯉魚門三家村海邊岬角，於一九五〇年代設立。燈塔建於礁山之上，設計簡約，柱身高約四米，最高點離水平約十米，是船隻進出維多利亞港東岸出口的航標，至今仍然運作。每天退潮時分，更可沿淺灘前往攀登。

鯉魚門天后廟

03

位於馬山村海濱，鎮守鯉魚門海峽，由海盜鄭連昌建於乾隆年間，兼作奉神和監測之用，已逾二百五十年歷史。至今仍供奉天后、觀音及關公。廟外有多座天然巨石，歷年來吸引墨客題碑刻字，甚為風雅。

衛奕信徑第三段 04

衛奕信徑是政府設置的遠足徑，長達
七十八公里，起點始自港島赤柱，貫穿港
九多座山嶺至八仙嶺終結。其中第三段穿
過鯉魚門，經魔鬼山、馬游塘至西貢井欄
樹，長近十公里，路程屬難行路段。

大王爺古廟 05

位於翠屏南邨後山，一九六三年由樂富
遷至現址重建。廟宇依山而建，建有牌
樓、廟門及大殿，亦甚寬廣。廟內供奉
唐代李文忠大王，相傳由宋末傳入香
港，因李大王經常顯靈濟眾，深受居民
信奉，至今依然香火鼎盛。

香港歷史檔案館 06

檔案館隸屬香港政府檔案處，大樓設於翠
屏道，主要收藏及整理公務檔案、地圖圖
則、書刊報章及視像資料，並為公眾提供
查詢、借閱等服務。又定期舉辦展覽會、
工作坊和研討會，推廣檔案文化。

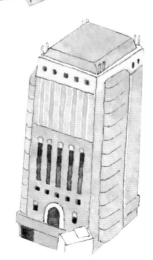

魔鬼山炮台

原稱雞婆山，位於鯉魚門村後山。清代
因有海盜盤踞，監視往來船旅，水陸居
民特稱魔鬼山。港府租借新界，於山上
設置砵甸乍炮台及歌賦炮台守衛海港，
二次大戰期間遭炸毀廢棄。現時僅餘棱
堡遺址，可供參觀緬懷。

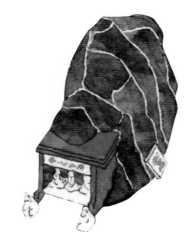

茶果嶺求子石

茶果嶺天后廟前有兩座天然大石，一豎
一橫，相傳水陸居民禮拜後求子得子，
回來拜謝，故稱求子石，從此吸引信眾
設壇祭祀。旁邊豎有碑誌，簡述神異經
歷，現已成為區內著名景點。

茶果嶺天后廟

原廟建於清代乾隆年間，一九四一年受
地區開發影響遷至現址重建。廟宇一進
三間，全由土產麻石建造。廟內供奉天
后、觀音及魯班先師，另安奉清代四山
礦場代表李準之神像，反映當地特殊的
歷史發展。

茶果嶺村 (10)

位於維多利亞港東邊海濱，因山嶺曾種滿茶果樹，故稱茶果嶺。清初建村，周邊居民以採石為生，特於茶果嶺設立公所，曾為區內行政中心。二次大戰後，附近填海闢為工廠，未有重大發展。近年擬將舊礦場改建為住宅。

apm／裕民坊 (11)

裕民坊毗鄰觀塘道，介乎於住宅與工廠區之間，一九五〇年代開發並成為區內交通、飲食、購物的生活核心地帶。自二〇〇七年起，裕民坊納入「觀塘市中心重建項目」範圍，分五個階段重建發展，預料二〇三一年全部竣工。

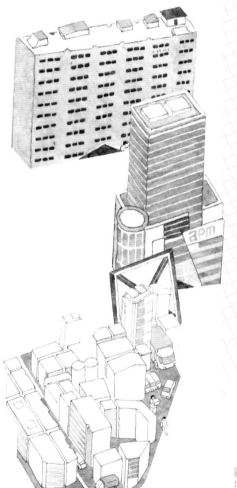

觀塘商業區 (12)

一九五〇年代，政府在牛頭角沿海地區填海開發新工業區，落成後各種中、重型工業遷入觀塘，成為本港最重要的工業重鎮。一九九〇年代，工廠陸續轉型為集時尚、潮流、文藝於一身的商廈與廣場。

觀塘海濱花園 ⑬

原址為海事處的公共貨物起卸區，停用後改成休憩空間。公園長逾一公里，設木板步道、長者健身角、兒童遊樂場外，另建塔樓及多用途廣場，每晚定時進行燈光匯演，富有視聽和動感效果。

零碳天地 ⑭

零碳天地由建造業議會及發展局合作建造，以環保理念及可再生能源技術，營造都市原森林環境。該處佔地寬敞，設有展覽館、綠色辦公室、公眾休憩區等設施，免費開放予公眾使用。期望藉着人工調節方式，推廣及實踐零碳排放生活。

九龍灣公園 單車場 ⑮

公園毗鄰麗晶花園，內設單車場。車場呈「∞」字形建造，並以不鏽鋼建造「∽」形高架單車橋，狀若太極，相當獨特。場內附設租車服務及初學者練習場，便利市民使用。

九龍灣
國際展貿中心 ⑯

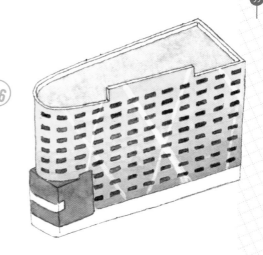

位於東九龍海濱的大型展覽及會議場地，樓高十七層。二〇〇七年改建成集商貿、娛樂、運動及潮流消閒於一身的綜合場館。大樓設有多種活動空間，每年承辦多項餐飲宴會、博覽會及影音表演活動。二〇二三年經城規會批准重建。

茜草灣
三山國王廟 ⑰

原址位於昔日之茜草灣，一九八三年遷至觀塘警署對面復康徑山麓重建。相傳廟宇建於元明之間，供奉三山國王、天后及天地父母等神靈，善信以粵東人士及周邊坊里為主，每逢誕期均舉辦盛大祭典，香火不絕。

佐敦谷公園 ⑱

原址為佐敦谷堆填區，二〇一〇年改建成休憩公園。園內草地面積廣闊，除一般康樂設施及花園外，更設有遙控模型賽車場，提供兩條跑道，適合不同款式和程度的比賽，旁邊另設維修站、控制台及觀眾席，可舉辦國際級比賽。

荃灣區位處大帽山西南濱海，兼轄馬灣、大嶼山東北部分地區。古時，因地勢偏近海邊，岸線彎曲，兼有島嶼屏護，是船隻泊岸落貨的交匯地點，新界居民多要翻山前來出貨購物，至今仍保留元荃古道、城門古道等遺蹟，可感受古人的生活。清初，漸有客家人入遷，建立若干鄉村，後來又有僧侶來到建寺駐足，發展成佛教叢林和旅遊聖地，二次大戰後更開發為工廠區及衛星城市。自地鐵通車及開通青馬大橋後，區內增建大型商場及高級住宅，發展更為迅速。

妙法寺

位於藍地，初建於一九六〇年代，後來改建為三層大樓。底層為入口、二樓為齋堂、三樓為大雄寶殿，內外配以彩色浮雕和華麗裝飾，極具氣派，是本港首座樓層式佛殿，相當獨特。近年新建鑽石形綜合大樓，成為周邊地標之一。

嶺南大學

原為嶺南書院，後註冊為專上學院。一九九〇年代獲政府撥出屯門現址建校，一九九五年啟用。校舍設計帶有嶺南建築味道，以簡潔實用為主，除行政及教學大樓外，亦自設宿舍、運動場及游泳池，設備相當齊全。現時設有六個學院及十六個學系，提供學士、碩士及博士課程，而附設的社區學院及持續進修學院則可供公眾報讀。

清涼法苑 / 清山塾

原為港商的私人佛堂，初名樺香園。後交予年輕僧人筏可法師住持，發展成清涼法苑。園內有樓房四幢，均高兩層，建築簡約，別具時代風味。戰後附設幼稚園照顧貧童，後停辦，現活化為專作藝術展示及餐飲消閒空間的清山塾，將定期舉辦藝文活動。

何福堂 / 馬禮遜樓 04

原址為瀧江別墅，乃國軍蔡廷鍇將軍宅第。戰後由達德學院使用，加以擴充。一九五二年基督教倫敦傳道會購入為何福堂會所，以紀念華人名牧何福堂牧師。一九六〇年代轉贈中華基督教會，校址歸附何福堂書院。現時只餘下馬禮遜樓，因屬折衷主義風格，已列為法定古蹟。

達德學院 05

戰後由中國共產黨創辦的大專學院，並襄借蔡廷鍇將軍宅第為校舍。學院於一九四六年開校，後以「宣傳政治活動」而被殖民政府註銷執照。而校舍則轉售基督教教會使用，現時僅餘昔日的校舍本部（即馬禮遜樓）可作緬懷。

V City 06

原址為屯門首個公共屋邨，因興建屯門西鐵站而拆遷。V City 樓高三層，面積廣闊，商店林立。內部以環保為主題，諸如樹木結構和蝴蝶圖案等設計，富有現代概念，落成以來成為屯門新地標。

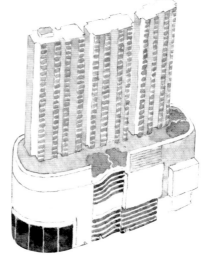

三聖廟 / 三聖墟 07

三聖墟原為濱海漁村，一九一四年有善信在這裏的山坡建廟，供奉三教聖人，名為聖廟，因漁民在廟前設立魚市，坊佢直稱為三聖墟。政府曾在此設魚類批發市場，便利漁民泊船及買賣，更有漁民設立海鮮檔及餐館，發展成海鮮街。

白鱔

屯門區

新界

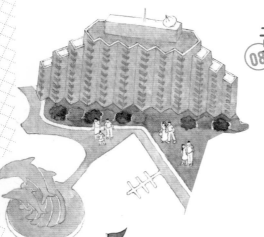

黃金海岸

黃金海岸位於屯門掃管笏，於一九九〇年代初發展成大型酒店及消閒度假區。內設私人會所、高級酒店、購物廣場、遊艇碼頭及私人屋苑，均以西式別墅風格建築，配合廣闊海景，別具歐陸風味，每逢假日吸引旅客前來度假。

屯門避風塘

位於屯門海濱，介乎於三聖村、海華路至屯門碼頭之凹灣。為原來青山灣的出口。一九七〇年代政府發展屯門新市鎮，將大片海灣填平，另建避風塘，供漁船停泊。現時，避風塘東邊築有海濱長廊，可供市民漫步欣賞風光。

紅樓

位於屯門蝴蝶灣內，原為商人李紀堂經營的青山農場，因曾借予興中會作革命基地，民國建立後被視為革命遺蹟。紅樓為兩層高磚屋，因外牆髹上粉紅色故稱紅樓。一九六〇年代，屋前闢為中山公園，豎有紀念碑、銅像及碑記，緬懷國父功勳。

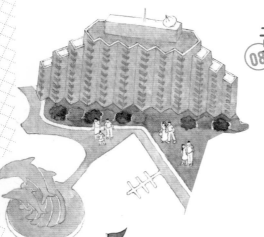

屯門公眾騎術學校 ⑪

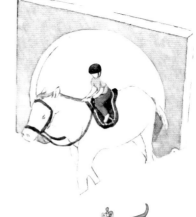

是由政府設立，香港賽馬會捐款興建及管理的公眾騎術學校與練習場地，位於屯門蝴蝶灣內，佔地達 3.5 公頃，設有課室、馬房、長跑道及沙地練習場，並定期開辦訓練班、比賽及體驗活動，讓市民體驗及享受騎馬的樂趣。

青松觀 ⑫

建於一九六〇年，是本港著名道教宮觀。道觀佔地寬廣，除一般殿堂，並建有樓台、彩壁等景點，尤其每年舉辦的盆景展覽，吸引大批市民參觀。除定期的信仰活動，青松觀附設素食、安老、醫藥、善終等服務。最近曾經進行重建，增設教學、展覽空間。

屯子圍 ⑬

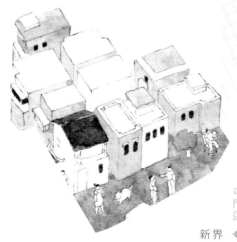

位於屯門藍地，乃陶氏族人聚居的古村落。清中葉，因人口增長，族人增建泥圍、永安村、大園圍等村落，選在本村設立五柳堂陶氏宗祠，奉祀祖先，至今仍每年舉辦開燈、祭祖儀典，又每十年舉辦太平清醮，酬神超幽，並維繫傳統文化。

屯門
高爾夫球中心

14

於一九九五年啟用，是香港首個公營高爾夫球練習場。場館分兩層，佔地四萬八千五百平方米，設有九十一條發球道，並有果嶺及沙坑設施，可供個人或團體租用，為市民提供收費廉宜的高爾夫球場地。

后角天后廟

15

建於明代，由屯門陶氏族人創立。由於位處青山灣海口，漁民商旅雲集，陶氏於此設立墟市，廟宇也成為昔時屯門的核心地帶。現時，每逢天后誕期，居民例必搭棚建醮，屆時設有盛大廟會，極之熱鬧。

青磚圍

16

由江西陶氏族人在明代遷入屯門建村，因該處原為麥田，故稱麥園圍。族人在此發展，並不斷擴張，人丁亦遍於虎地、元朗一帶。清代，因財產漸豐，改以青磚建造圍牆，故名青磚圍，至今仍保留青磚圍牆。

青山禪院 ⑰

位於青山山麓，原址為魏晉時期的杯渡岩遺蹟，一九一〇年發起修建。殿閣依山而建，分為山門、大殿及後山三大建築群，因時代久遠部分區域已倒塌，近年重修，煥然一新。寺內尚存多種聯額文物，尤以杯渡禪師像及「高山第一」石刻最為著名。

龍鼓灘 ⑱

位於屯門西南海岸，曾發現沙堤遺址，證明六千年前已有先民活動，清代有劉氏入遷建村，設有祠堂及廟宇。村前有綿長海灘，日常吸引市民前來觀賞日落。附近尚有中華白海豚瞭望台及多間燒烤食肆，是假日消閒休憩的好去處。

（污水處理系統） 源·區 ⑲

位於屯門稔灣，是環境保護署轄下以「轉廢為能」的新型污泥處理系統設施。源·區於二〇一六年啟用，並開放公眾參觀。園內分作十個景區，除環保資訊，亦有雀鳥保護區、戶外花園、足浴池、觀景台及茶館等。當中以焚化餘熱作恆溫的水療場館最受歡迎。

位於香港西北部的元朗區，是本港少有的谷地平原，因
幅員廣大又水源充足，早於宋代已有中原氏族
入遷，開村立業，因此留下豐富的史蹟。清代，
由氏族興辦墟市，推動經濟發展，使元朗成為新界
地區最重要的經濟重鎮。新界歸入英
治，港府有感該處的家族勢力強
大，特別設置理民府加以管理。
二次大戰後發展為衛星城市，
沿元朗墟周邊擴展，一九九〇年
代更開發天水圍，並拓展輕
便鐵路網絡。

元朗區

新界

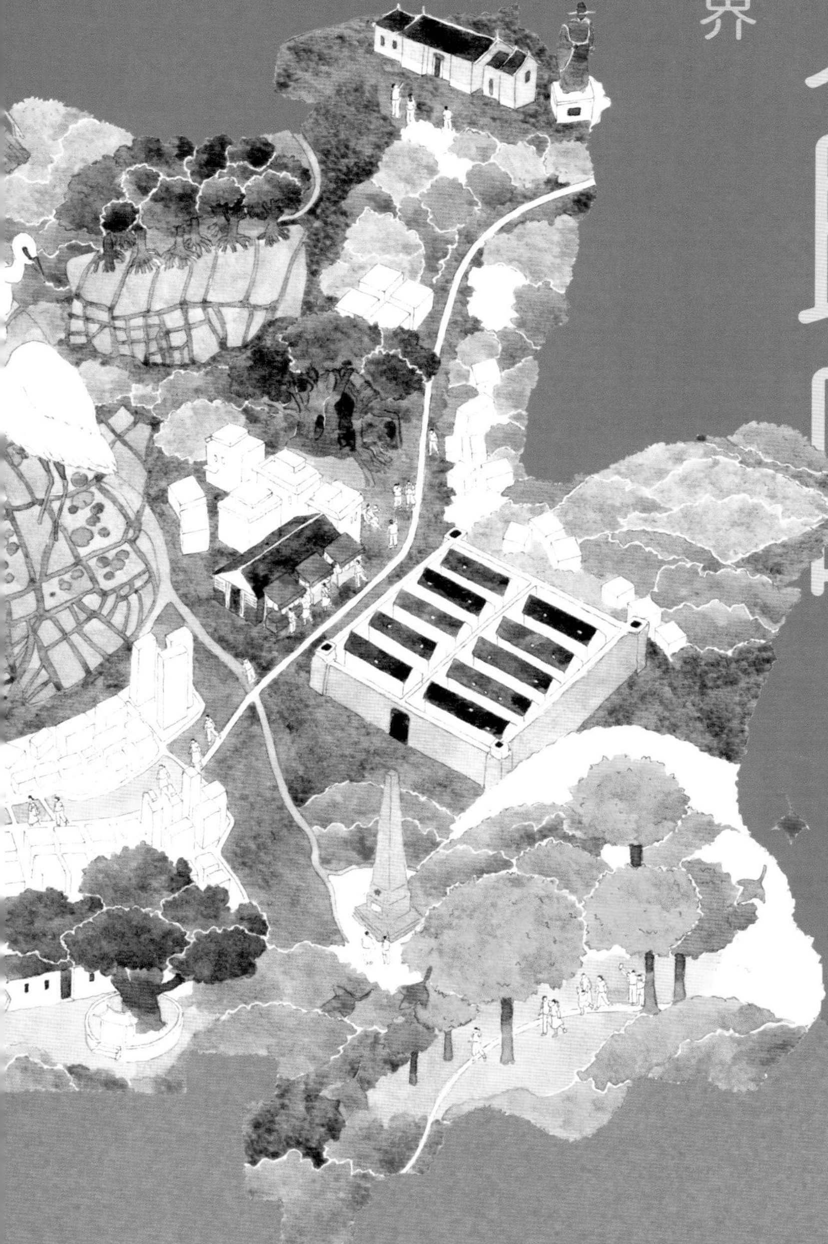

香港濕地公園

01

位處天水圍，毗連米埔濕地及后海灣，具有特殊的生態價值。二〇〇六年開闢為香港濕地公園，內設訪客中心介紹生態資訊，另有寬敞的戶外園區，包括漫遊徑、觀鳥屋、蝴蝶園、鱷魚貝貝之家等景觀。

屏山天水圍
文化康樂大樓

02

毗連港鐵天水圍站，是區內最主要的綜合文康設施，建材特以鏽蝕鋼配清水混凝土，剛柔並重地融和兩大元素。大樓分高低兩座，高座各層闢作公共圖書館，提供完善的借閱及搜索服務；低座則有游泳池、體育館及綠化天台，可供市民享用。

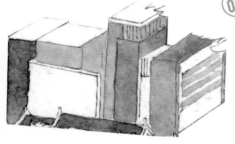

屏山達德公所

03

達德公所是清代咸豐時期，元朗周邊村落結盟立約的辦公地，專責管理市集貿易及地區治安事務。新界歸入英治之初，鄉民在此策動「武裝抗英」，後來重修，專祠抗英烈士牌位。戰後曾改作學校、孤兒院等用途，之後空置。近年列作法定古蹟。

流浮山 / 下白泥 /55 號碉堡 ④

流浮山位處新界西北海濱，正對珠江出口的后海灣，因鹹淡水土，造就蠔蚌產業。二十世紀初，因海道便利，革命黨人鄧蔭南在下白泥設工廠及碉堡作為秘密基地，更在此藏匿以逃避清兵緝捕，意義重大。現時，工廠已拆卸，兩層高的碉堡則經復修，已列作法定古蹟。

廈村歷史建築群 ⑤

廈村為錦田鄧族的分支，明代建村立業，清代更設立廈村市，一度成為區內貿易中心，遺下豐富的歷史文物。現時，村內的鄧氏宗祠、楊侯宮、友恭學校等連成歷史建築群，部分已列作法定古蹟，可供公眾參觀，了解家族與地區發展。

元朗市鎮公園 百鳥塔 ⑥

位於元朗公園小崗嶺，樓高七層，以鋼筋水泥建築，但外表狀似傳統磚塔。塔底為百鳥苑，飼養百多隻雀鳥，包括爪哇禾雀、黑冠黃鵯、黃面樹八哥等逾三十種品種。樓上五層為觀景樓層，能遠眺元朗市、天水圍及屯門各處風景。自落成以來，成為元朗主要地標之一。

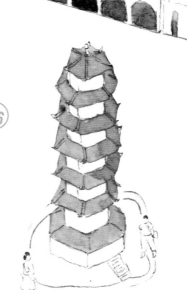

屏山文物徑

07

位於元朗屏山鄉，是香港首條文物徑，全長約一公里，環繞七條鄉村，內設十三項景點，包括由舊屏山警署改建而成的屏山鄧族文物館，介紹傳統宗族生活。而聚星樓則是本地僅存的古代磚塔，已逾六百年歷史，還有覲廷書室、清暑軒及愈喬二公祠等。

大欖郊野公園

08

介乎於荃灣、屯門公路及元朗大棠之間的山野，原為旱地，一九五〇年代大量植林後改變生態。一九七九年列為郊野公園，內設有十二條不同程度的郊遊徑，另設教育徑、燒烤區、露營區、健身站、單車徑等設施，適合家庭或遠足人士享受大自然生活。

十八鄉大樹下天后古廟

09

位於元朗大旗嶺，毗連大樹下河涌。廟宇建於清朝乾隆五十一年（一七八六）。昔日，周邊居民於廟前乘小舟往來元朗墟交易，市內貨品亦在此發散，重要性可想而知。廟內除供奉天后，亦設英勇祠追奉於一八九九年抗英而犧牲的義士，別有意義。

元朗舊墟 ⑩

位於元朗西邊圍，於清初康熙八年由錦田鄧族建立墟市，在新界歸入英治前，是元朗區的經濟及對外貿易中心。墟內設有兩間廟宇，處理日常糾紛，至今仍保留同益客棧、晉源押及多間倉舖遺蹟，可供緬懷昔日趁墟盛況。

南生圍 ⑪

位處元朗橫洲，由錦田河及山貝河包圍，因生態特殊，吸引多種生物棲息，曾是基圍蝦養殖地。又因該處無大型村落和發展，頗能保留自然景觀。除經常吸引影視公司取景拍攝外，村內保留的橫水渡服務，亦是一大特色。

米埔 / 尖鼻咀 ⑫

位處深圳河西邊出口，是天然的濕地，因水文及氣候關係，每年吸引候鳥來居。一九七六年，政府將米埔連同周邊的尖鼻咀列為具特殊科學價值地點，並劃作保護區，陸續設置研究及教育設施，現已列入「國際重要濕地名錄」之內。

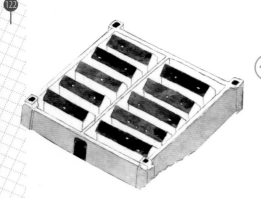

錦田吉慶圍

乃鄧族圍村，始建於北宋，歷代擴充。清初，因防範海盜而加建圍牆、更樓及寬闊的護城河，村內則按中軸分佈，井然有序，甚具特色。一八九九年，村民參與抗英，最後退回圍內抵抗，英軍炮轟圍牆，並拆除鐵門示威，一九二五年才獲歸還重置。

錦田水頭水尾村

錦田的水頭村及水尾村位於錦田平原，毗連錦田河出口，自宋代起由鄧族落籍發展，是香港歷史紀錄中最古舊的村落。清代，因遷界政策影響，一度荒廢。現今，村內仍有被榕樹侵蝕的古石屋遺蹟，該「樹屋」正是清初居民艱苦生活的立體見證。

水頭村作為新界鄧族的發展起點，自清初重新復業後，村內經濟發展迅速，造就區域建設。現時，村內尚存多幢歷史建築，包括多間宗祠、供子弟研習文武科舉的周王二公書院、沂流園、長春園等。而「便母橋」的孝親故事，至今仍為本港歷史佳話。

錦田跳蚤市集 / 紅磚屋

位於錦上路，鄰近錦田市中心，原為養豬欄，因以紅磚築建，故稱紅磚屋。近年重修，甚具異國風情，現改作跳蚤市場，逢假期開業，內設五十餘間小店，販售特色精品及休閒茶座。周邊另有多間私房菜館，供應各國菜餚，豐儉由人。

新田大夫第 ⑯

文氏祖先文頌鑾的宅第,後來獲皇帝御賜「大夫」銜,故名大夫第。宅第屬傳統兩進三間兩廊格局,除正廳、廂房外,更設有高架廁所,相當先進。樓房以青磚、灰瓦建造,配以西式彩窗、雕刻,風格獨特,現已列為法定古蹟。

文天祥公園 ⑰

位於新田公路旁之小丘,由文氏族人集資興建。園前有大型牌坊,沿梯級至平台廣場,正中豎立宋末名臣文天祥銅像,高逾六米,雄姿煥發。周邊另置有大型石刻浮雕及碑記多座,記述文天祥生平事跡,極為宏偉。

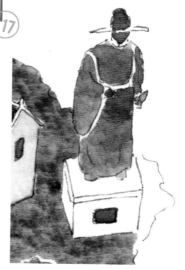

顧名思義是本港最北部的區域，毗連深圳。早於宋代已有
大族入遷，經過歷代擴張，留下不少文化建築。直到英國
租借新界，以深圳河為界，落馬洲、羅湖、打鼓嶺、蓮麻
坑至沙頭角的部分土地列為邊境禁區，昔日與大陸地區的
生活互動因而中斷，區內經濟大受打擊。受邊界政策
影響，北區無重大發展，僅保留傳統農耕及墟市
模式，生活簡樸，也吸引官紳購置別墅及
康樂設施，度假消閒。一九七〇年
代末開發為新市鎮，區內經濟
及民生設施
才陸續
改善。

北區

新界

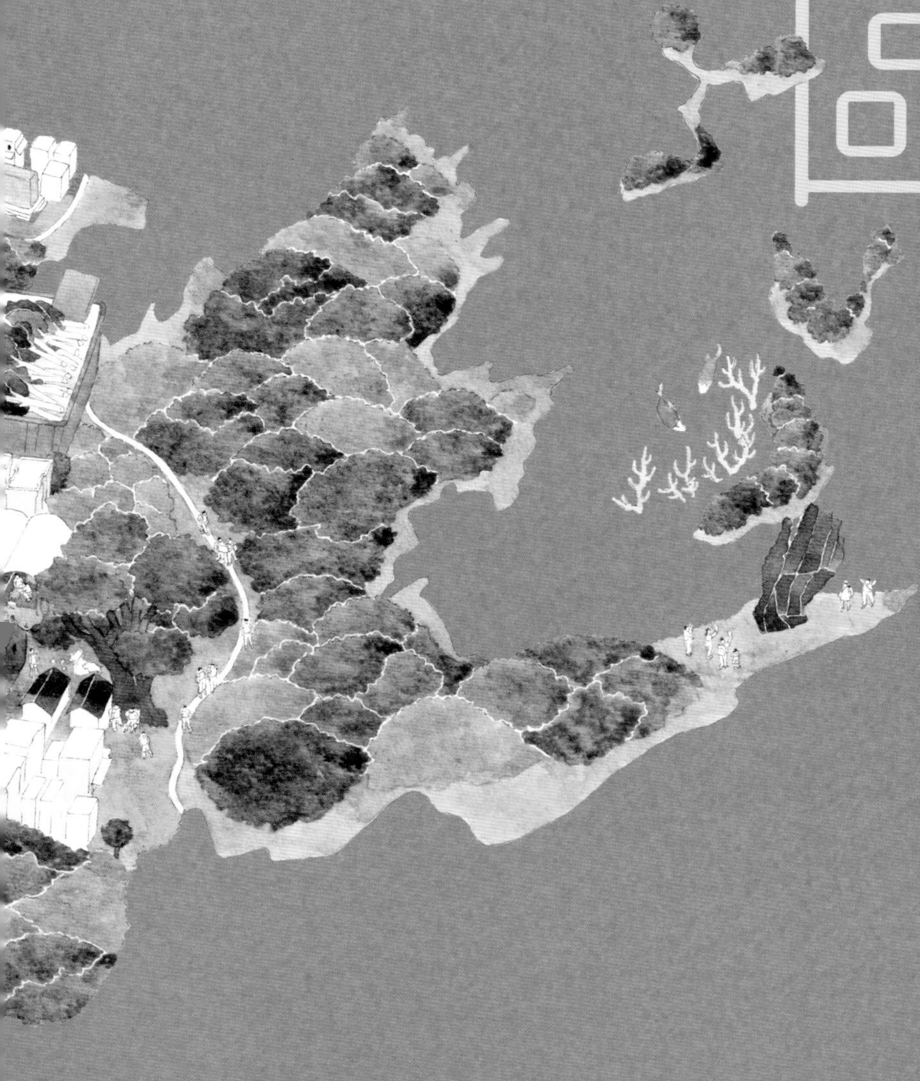

粉嶺馬屎埔村 / 馬寶寶社區農場

01

馬屎埔村位於粉嶺梧桐河畔，一九五〇年代開發成村落，居民以務農為生。因受新界東北發展影響，村民在二〇一〇年成立「馬寶寶社區農場」，以「永續農業」理念發展本土農業，定期舉辦農墟、耕作班、農產食品工作坊及社區導賞團等。其後政府陸續收回土地，村民遷出。

粉嶺龍躍頭 文物徑

02

是政府設立的古蹟文物徑，於一九九九年啟用，範圍由聯和墟至龍躍頭，包括觀龍圍、善述書室、松嶺鄧公祠、天后宮、老圍、崇謙堂等十二項文物景點，大多屬典型中式傳統建築，反映居民由宋代以來，繁衍、擴張和發展的過程。

上水河上鄉 居石侯公祠

03

建於乾隆年間，距今逾二百五十年歷史，是上水侯氏族人紀念祖先的祠堂。祠堂採三進兩院設計，附設廚房及廂房，除祭祀外，日常可供村民議事、私塾及接待之用。因歷史久遠，建築精美，已列作法定古蹟，除祭禮之外，市民可自由參觀。

大埔區涵蓋新界東北至東部地區，受地形影響，轄
區被分為大埔及西貢北兩部分。古時候，大埔曾為
採珠業重鎮，明清兩代則以製瓷、晒鹽著稱。其時
又有粵東人士入遷，使區內遍佈
客籍鄉村，後來更組成
「大埔七約」，並建
立太和市，藉聯盟
力量抵抗傳統
大族。英國接
管新界時，在
大埔舉行升旗
禮，鄉民以武力
抵抗，事後政府
在運頭角設立
理民府作為
管治新界的政
治中心，並配
套九廣鐵路，加
速地區的發展。
現時，大埔雖然已
開發為新市鎮，卻保
留不少傳統史蹟和風俗。

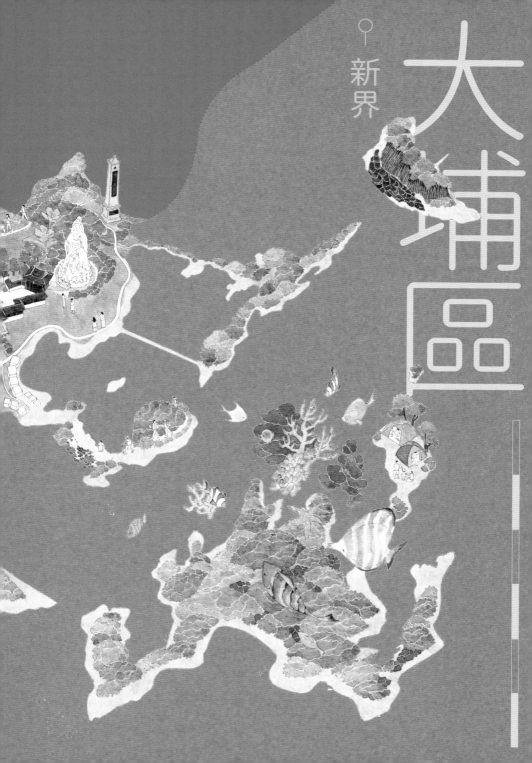

林村許願樹 / 天后廟

01

林村天后廟建於乾隆年間，除供奉天后，側殿設有鄉勇祠，紀念昔日保衛家鄉而犧牲的義士。廟側村口位置種有大榕樹兩棵，鄉民供以香火，更於農曆新年時以拋擲寶牒許願，演成風俗，近年頗吸引市民參與。

嘉道理農場暨植物園

02

位於林錦公路半山，由嘉道理爵士兄弟於一九五一年開創，藉研究及開發農業技術支持本地農民生活。園內佔地極廣，設有農業部、教育部、動植物保育部及各種園林，另設污水處理示範、藝術工作坊等活動，可供市民遊覽及參與。

大埔碗窰窰址

03

明清時期有入遷者利用當地特有的瓷土礦及山林資源經營窰場，產品傾銷廣東沿海地區，盛極一時，到一九三〇年代才停產。至今仍保留寬敞的窰場遺址，包括礦坑、水碓作坊、淘洗池等，已列作法定古蹟，可供市民了解昔日製瓷工業情況。

大埔上碗窰樊仙宮

04

樊仙宮位於碗窰，於清代乾隆年間由來自梅州的馬氏族人建立，以供奉陶業祖師樊仙爺，二百多年來見證本地陶瓷業發展的興衰。近代經過重修，附設鄉村學校，亦是居民的信仰與社交中心。現已列作法定古蹟，可供市民參觀。

大埔頭村
敬羅家塾
05

建於明代，是錦田鄧族分支到大埔頭
後，為紀念祖先敬羅公而興建的家祠，
屬傳統三進兩院式建築。除歲時祭祀
外，日常闢作私塾，供家族子弟讀書學
習。現時，家祠已列作法定古蹟，並曾
獲聯合國教科文組織亞太區文化遺產保
護獎。

大埔文武二帝廟
06

位於昔日的太和市，由大埔七約鄉民合
資興建，原為七約鄉公所。戰後改作廟
宇，供奉文昌帝君及關公，並為居民排
解糾紛的地區中心。廟宇以麻石及青磚
建造，古味盎然，內裏存有多種文物，
可供研究。

香港鐵路博物館
07

原為九廣鐵路大埔墟火車站，建於一九一三年，亦是本
港僅存以傳統中式風格建築的火車站遺蹟。一九八四年
停用即列為法定古蹟，並活化為鐵路博物館，保留蒸汽
火車頭、六輛舊式車卡、柴油機車、手動工程車等，甚
具特色。

（舊大埔警署）綠匯學苑
08

原址為舊大埔警署，建於一八九九年，
由主樓及宿舍組成，後來陸續擴建。曾
改作分區警署、水警宿舍等。二○○六
年空置後，由嘉道理農場申請活化為綠
匯學苑，設立低碳生活教育中心，向公
眾傳播環保訊息。

（舊北區理民府）

香港童軍總會
新界東地域總部

09

運頭角的圓崗原為港府於一八九九年接收新界舉行升旗禮的場地，事後港府興建理民府大樓，作為治理新界的行政中心。大樓以紅磚建造，樓高兩層，於一九〇七年啟用，因具建築特色和歷史意義，已列作法定古蹟。現租予香港童軍總會作活動中心。

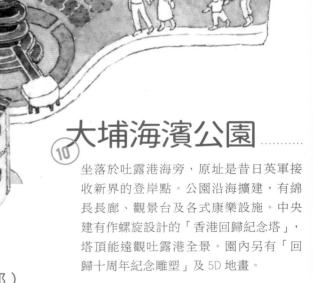

大埔海濱公園

10

坐落於吐露港海旁，原址是昔日英軍接收新界的登岸點。公園沿海擴建，有綿長長廊、觀景台及各式康樂設施。中央建有作螺旋設計的「香港回歸紀念塔」，塔頂能遠觀吐露港全景。園內另有「回歸十周年紀念雕塑」及 5D 地畫。

（前政務司官邸）

元洲仔自然環境保護研究中心

11

大埔元洲仔原為小島。一九〇五年建成的理民官官邸，樓高兩層，屬典型殖民地建築。戰後改作政務司官邸，現列作法定古蹟。一九八六年改變用途，轉予世界自然（香港）基金會管理，闢作自然環境保護研究中心，主要推廣可持續發展教育概念。

鳳園蝴蝶保育區／鳳園自然及文化教育中心 12

位於吐露港北岸的鳳園老村，昔有客家人入遷建村，建造風水林，形成獨特生態空間，有利罕有蝴蝶生長。一九八〇年代已被選為「具特殊科學價值地點」，近年由環保協進會進行蝴蝶保育工作。

烏蛟騰抗日英烈紀念碑 13

烏蛟騰位處沙頭角海與吐露港之間的山野，抗戰時期為游擊隊聚會、藏匿及撤往大鵬半島的秘密基地。戰後，鄉民為紀念相關犧牲者，豎立抗日英烈紀念碑，每年更舉辦追悼活動。該紀念碑於二〇一五年已列入「國家級抗戰紀念設施、遺址名錄」。

慈山寺 14

於二〇一五年落成開放，是一所仿照唐式風格建造的佛寺。寺內設有大雄寶殿、觀音殿、齋堂及僧寮。後園則安奉一座高七十六米的青銅合金觀音像。現時，寺院定期舉辦宗教或文化活動，惟善信須預先在網上登記，不設即場參觀。

大尾篤

⑮

位於八仙嶺山脈東端，前臨吐露港海口，粵語稱為「尾篤」，後雅化為「美督」。一九六〇年代因興建船灣淡水湖而修築水壩，周邊築有單車徑及水上活動中心，便利市民郊遊。附近居民則開設食肆茶座及燒烤場，供應各國美食，發展成假日消閒勝地。

八仙嶺郊野公園

⑯

八仙嶺聳立吐露港海口，峰脈綿長，並有特殊生態環境，一九七八年列為郊野公園。內設多條郊遊徑、自然教育徑、樹木研習徑及衛奕信徑，可供市民作不同程度的遠足或科普研習活動。

海下灣海岸公園

⑰

海下灣位近西貢半島，因水域有珊瑚群落，自一九九六年列為海岸公園，受法例保護。園內育有六十四種石珊瑚，又有紅樹群落及百多種獨特魚類，因生態價值高，區內劃定四個船隻禁區，以保護海洋生態。

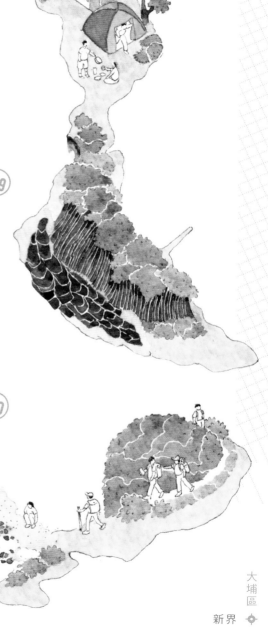

塔門 / 天后古廟 ⑱

塔門島位於赤門海峽吐露港之北，明清時期是往來粵東的必經補給點。島內建有天后廟一座，為往昔漁民及商旅合資建造，見證島內二百多年的發展興衰。現時，尚有島民開設漁排，養殖海魚，供應周邊地區，別有漁村風情。

東平洲 ⑲

東平洲位處香港東北岸大鵬灣內的島嶼，因孤懸海外，難以發展，故能保持自然生態。島內滿佈六千五百萬年的頁岩，海邊又有珊瑚貝殼，生境獨特，現已列入郊野公園及海岸公園範圍，每逢假日例必吸引市民考察及旅遊。

馬屎洲 自然教育徑 ⑳

馬屎洲位處吐露港內，因有連島沙洲、水茫田、貝殼灘等特殊生態環境，當中更有侏羅紀形成的岩石，一九八二年被列為具特殊科學價值地點。現時，政府將小島劃為馬屎洲特別地區，設有自然教育徑，並豎有介紹牌說明。

西貢區位處新界東南部，北接大埔，南連觀塘，面積涵蓋廣闊的山林及周邊七十多個海島。區內群山起伏，不易開發，自然生態得以保持，至今仍蘊含豐富的生態資源，部分更列為郊野公園，並開設多條遠足路徑，故被譽為「香港後花園」，是市民享受大自然的樂土。自明代以來，居民與商旅集中在西貢墟、清水灣半島一帶聚居活動，留下不少歷史遺蹟。二次大戰後，則集中在將軍澳一帶發展，近年更藉填海造地，開發新市鎮及工業邨。

西貢區

西貢墟

01

相傳明代南亞諸國入華朝貢，多在西貢內港補給，漁民商旅在此停泊聚集，漸成繁盛的魚市。現時仍有漁民向周邊食肆批發漁獲，發展成著名的海鮮街。亦有艇戶泊近岸邊出售海產，頗有舊日漁港風味。

蠔涌車公廟

02

相傳車公為宋末名將，曾護送宋帝昺來港避戰，宋亡後帶同部屬落籍西貢蠔涌，經常協助居民解決生活困難，尤以驅散瘟疫而著稱，後人感念其忠勇，建廟供奉，五百年來，香火不絕。

坑口十八鄉

03

將軍澳舊有天然水坑，流經孟公屋而出海，故稱坑口。昔有船隻泊岸卸貨，漁民及工人聚居，發展成十八條鄉村。如下洋村、水邊村、田下灣、布袋澳村、馬游塘村等村名皆與海灣有關，反映居民多以海上事業為生。

坑口天后廟 04

廟宇建於清初，後來遷到田下灣村現址，有逾一百五十年歷史。一九九〇年代，港府開發將軍澳新市鎮，徵收周邊土地，僅天后廟得以保留，並存有多項前清文物，見證都市發展。

調景嶺茅湖山廢堡 05

港島開埠後，清廷在九龍沿海另設海關稅站，佛頭洲稅關即其中一座。因該處經常有船隻進出，特於後山高處興建觀測台，監察航道並以烽煙方式傳訊。觀測台呈圓形石塔狀，建築獨特，附近另有官署和住所設施，均已列作一級歷史建築物。

前邵氏片場 06

一九五〇年代，邵氏兄弟公司在清水灣購建影城，自資開拍影視娛樂節目，是當時全球最大型私營影城，有「東方荷李活」之譽。邵氏影城有逾二十座建築物，以戶外場景古裝街、民初街最具規模。現片場群體及行政大樓（前稱邵氏大廈）已評為一級歷史建築物。

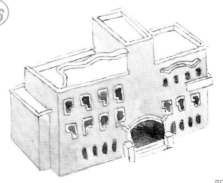

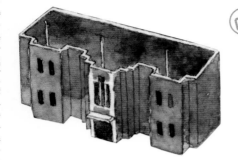

香港三育書院

07

書院建於一九三〇年代，最初共有八座建築物，此後陸續擴建。現時保留行政樓、中學部等五座二級歷史建築物。當時以紅磚為主要材料，採用流行的「裝飾藝術風格」建造，配合周邊花園環境，恍如置身歐洲。

大廟灣石刻 /
天后廟

08

佛堂門天后廟後山坡仍存南宋石刻，是香港最早有紀年的刻石，記載了當時一位官員遊覽的事蹟和附近兩所廟宇的歷史，不但證明刻石有悠久歷史，更是了解宋代香港社會的重要文物，已列作法定古蹟。石刻前方乃佛門堂天后廟，亦建於南宋，是本地天后信仰的開端。

滘西洲洪聖古廟

09

滘西洲是西貢區最大島嶼，於明清時期已有居民活動，並在南邊海岸興建洪聖廟，祈求平安。昔日，西貢居民組織花炮會，籌組賀誕活動，除搭棚建醮、演戲酬神外，又舉行「搶花炮」活動，相當刺激，惟因安全理由，搶炮活動已經停辦。

東龍洲炮台 ⑩

清初時期，海盜橫行港內，朝廷在東龍洲設立炮台，派兵防禦。炮台呈四方城堡，配置八門大炮，另設有營房十五間，用作官兵休息及儲存軍備，後以補給困難而廢棄，現已列作法定古蹟。

鹽田梓
聖若瑟小堂 ⑪

聖若瑟小堂是西貢鹽田梓的地標。香港開埠後，有天主教神父到村傳教，陳氏一家領洗入教，又捐地興建教堂。教堂於一八九〇年落成，依羅馬式設計，前端設立祭台，供奉主保聖若瑟，設計簡潔莊嚴。現已列為二級歷史建築物，並獲聯合國教科文組織頒發亞太區文化遺產優良獎。

橋咀洲菠蘿包石 ⑫

橋咀洲位於西貢市對開海面，曾為燒烤度假勝地。該島屬火成岩地質，因岩石長年受風雨侵蝕，形成網狀裂紋，酷似「菠蘿包」，附近另有連島沙洲、象鼻岩等自然景觀。因島內生態特殊，先後列作珊瑚保育區及國家地質公園。

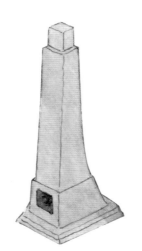

抗日英烈紀念碑

13

位於西貢斬竹灣。香港淪陷時期，西貢西連九龍，北接大鵬，是游擊隊伍潛伏藏匿的基地。為紀念英烈，居民特別建造碑樓一座，附設各種碑記，緬懷救國事業。

上窰民俗文物館

14

上窰村建於清末時期，佔地五百平方米，卻建有房舍、更樓、畜舍，門前不遠另有灰窰一座，用於燒製石灰。因具歷史意義，遺址已列作法定古蹟，並闢作展館，可供市民參觀，了解當地居民生活形態。

糧船灣 / 東壩

15

古稱龍船洲，傳為官船補給或商船進貢泊岸之地。一九六九年，政府興建萬宜水庫，透過水壩將糧船灣和西貢市連接形成儲水庫。水庫東邊盡頭的東壩設有紀念碑、木橋步道等景觀，旁邊另有西貢火山岩園區，是郊遊的好去處。

沙田介乎於針山山脈與獅子山、馬鞍山山脈
之間的谷地，先民以務農為生。英治以後，
因九廣鐵路在沙田設站，成為九龍與新界東
北之間的必經地段，經濟角色因而改變。上
世紀五十年代，一度開發沙田墟，造就區內
貿易及旅遊事業。六十年代，政府開闢為衛
星城市，在城門河兩岸大力興建房屋及民生
設施。八十年代初，馬鞍山劃歸沙田區管轄，
隨着鐵路更新工程完竣，及新城市廣場並周
邊文康設備相繼啟用，人口迅速增長。

新界

沙田區

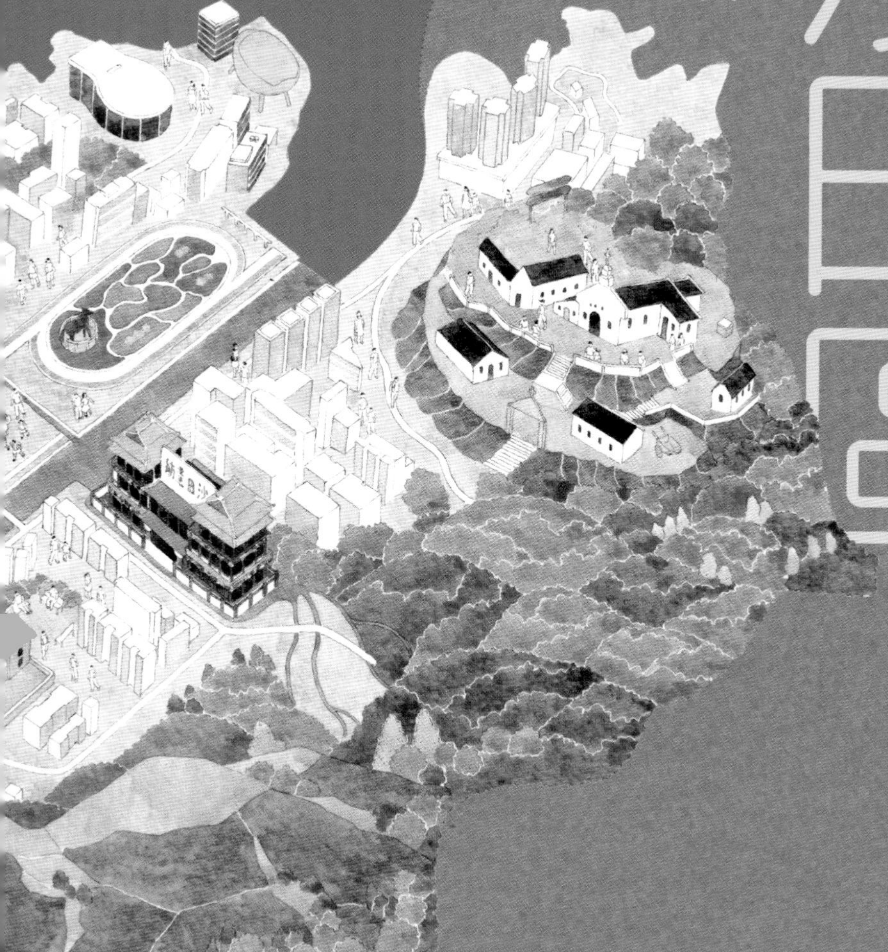

香港文化博物館

01

康樂及文化事務署轄下的綜合博物館，以展介香港本地文化為宗旨。大樓設有五個常設專題展廳，包括粵劇文化、嶺南畫家趙少昂作品、中國藝術展等。二〇一七年初增設金庸館，展出三百多項展品，並有電子動畫設施，增進與參觀者的互動。

積存圍

02

沙田區的雜姓古村，據傳明代萬曆年間，東莞居民因逃避戰亂而遷到沙田開村立業，後來為防盜抗敵再增建圍牆，部分圍牆仍保留至今。村內建有韋氏宗祠及侯王宮，置有多種鄉族文物，可供參觀研究。

車公廟

03

相傳沙田曾發生瘟疫，鄉民請來車公神像巡村，成功驅散疫症，遂建廟供奉。一九九〇年代發起修葺，並建造新大殿，正中供奉車公神像，高二十七米，相當宏偉。殿內設多座銅風車，可供轉運。現時，每年車公誕前後，極多善信前來求籤許願。

新城市廣場 04

建於一九八〇年代初，分三期，高九層，是包含商場、遊樂場、辦公室、酒店、住宅的大型綜合廣場。因毗連港鐵沙田站等交通總匯，以及大會堂、裁判法院、圖書館等公共設施，自落成以來已是沙田區的核心地帶。

曾大屋 05

又稱山下圍，由香港打石業商人曾貫萬建於一八六七年。大屋以花崗岩石及青磚建造，呈長方形。內分三排，共有九十九間房屋。外圍設有炮樓及鐵門，如同堡壘，可防盜抗敵。現時，中央保留作神廳及中廳，內置祖先畫像、匾額及壽屏，甚有氣派。

吳園 06

吳園原為商人吳子美之大宅，建於一九二〇年代。大樓高兩層，採用當時先進的混凝土技術混合花崗岩物料建造。一九七〇年代空置至今，曾擬活化為博物館，但未有定案，現被列作三級歷史建築物。

基督教靈基營暨中心 (舊沙田警署)

07

前身為一九二四年落成的沙田警署,並以英式紅磚修,配以中式瓦頂,甚具時代風格,已列作二級歷史建築物。大樓曾被日軍佔用,戰後曾作孤兒院及學校。一九八○年代再改作青少年營舍,可提供退修、會議、歷奇訓練等活動。

龍華酒店

08

酒店鄰近港鐵沙田站,原址為私人度假別墅。一九五一年開闢為酒店,設有八間套房,是著名的園林酒店。一九八○年代轉營為餐館,以紅燒乳鴿馳名中外。近年推廣「龍華生活文化村」,設有懷舊舞台及博物館,可供遊客參觀。

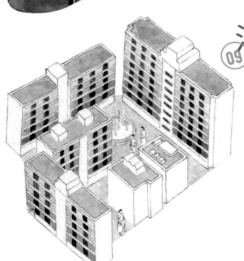

沙田瀝源邨

09

瀝源本為地區總稱,港府接收新界時,因傳譯之誤而被沙田村取代。一九七○年代,港府開發沙田作衛星城市,並建造首個公共屋邨,特別補用瀝源舊名。全邨共有七座,高六至十八層,全屬「舊長型」設計,邨內更有一個全港碩果僅存的第一代屋邨熟食中心,近年成為不少愛回味舊式屋邨的人士到訪之處。

沙田王屋村古屋  10

位於沙田圓洲角，於清代乾隆年間建村，經歷十代發展，人丁無重大增長。一九九〇年代受地區發展影響而遷到附近重建，原址改建成道路及房屋，僅保留一座兩層高的王氏祖屋，經修繕後列作法定古蹟。

沙田畫舫 11

原為一九六〇年代停泊於城門河的海上餐廳，經營海鮮美食逾二十年，後因市鎮發展影響而結束。因畫舫已成為區內特色地標，有飲食集團另以大理石建造船形畫舫，樓高三層，可同時筵開逾百圍酒席。畫舫內外佈置華麗，極具氣派，頗吸引市民及旅客光顧。

道風山
基督教叢林 12

一九三〇年由挪威的艾香德牧師創立，最初專向佛教徒傳播福音，故園內建築刻意模仿中式寺院，如寶塔式聖殿、靜修用的蓮花洞、默想石徑「明陣」等，另有「基督教叢林」、神學研究所，以及可供個人或團體參加的課程及活動等。

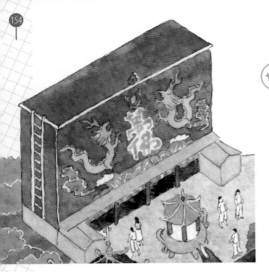

萬佛寺

位於沙田排頭村山頂，建於一九五○年代。該處原為富商之私人別墅，後轉贈月溪法師，並擴建為寺院，增建各式殿閣，因主殿供奉一萬二千餘尊佛像，故稱萬佛寺。寺前建有佛塔一座，不但是區內地標，更曾被選作一百元紙鈔之圖案達十七年之久，可謂深入民心。

香港中文大學文物館

香港中文大學一九六三年成立，為研究型綜合大學，以「結合傳統與現代，融會中國與西方」為使命。文物館附屬中大中國文化研究所，致力弘揚傳統文化，設有圖書室、圖片庫、文物修護等專門機構，從事文物修復的工作與研究。館內收藏各種珍貴文物，定期舉辦專題展覽供市民參觀。

香港科學園

位處馬料水，於二○○一年啟用，以推動創新科技研發及生產的專業基地。園內佔地廣闊，設有多種科學技術的研發中心，包括光電子、無線電、生物資訊、創新科技及電路開發等，並吸引國際著名科技公司進駐設廠，是本地科學產業的重鎮。

沙田馬場 / 彭福公園 ⑯

馬場位於城門河畔,於一九七八年啟用,設有完善的賽馬及觀賽設施,可作世界級的賽馬活動。跑道內空間則闢作公園,名為彭福公園,以紀念馬會首任總經理彭福將軍。公園設有六個休憩景區,近年更擺放二〇〇八年奧運馬術比賽聖火盆等景物。

鞍山探索館 ⑰

原址是馬鞍山村,一九五〇年代有基督教教士到村興建禮拜堂及開展福利事業。一九七七年隨礦場結束,校舍改為青年營舍。二〇一五年更活化為鞍山探索館,連結礦場遺蹟、信義會恩光堂、聖約瑟堂、溫家村等作參觀景點,並提供導賞團、工作坊等體驗活動。

新界西南部的葵青區，由葵涌和青衣島組成，
原為山邊臨海地帶，因平地稀少，人煙甚杳，
區內並無重要
經濟活動。
二次大戰以後規
劃為工業重鎮，除遍設工
廠外，也積極興建公共房屋，安
置原區工作的勞動人口。二次大戰以
後，政府選定在藍巴勒海峽以東填海，
建造國際級貨櫃碼頭，不但加速地
區開發，更是香港經濟起飛的
重要基石。一九九〇
年代，配合玫
瑰園計劃，政
府興建青馬大
橋，以青衣島作
為大嶼山連接港九的唯
一橋樑，地區角色更為吃重。

新界

葵青區

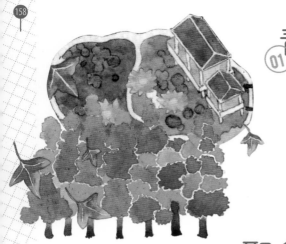

青衣公園

⁰¹

一九九〇年代，隨着「玫瑰園計劃」的開發，政府加強青衣島的規劃與基建，其中建造了島內最大型的公共公園。園內設有多種體育設施，另有露天劇場、人工瀑布和人工湖等休憩場地。近年公園更成為城中賞葉及拍攝的熱點，全因湖邊的落葉喬木如落羽杉、水松、水杉等隨季節轉變，形成難得一見的楓紅美景。

聖多默宗徒堂

⁰²

屬天主教教堂，一九九〇年代為配合青衣市中心發展而興建。教堂以現代風格建造，入口採中式「門」字設計，沿中軸線佈置各種設施，配以玻璃畫天窗營造寬闊空間，感覺獨特。教堂以十二門徒中的聖多默（基督教稱多馬）為主保，更供奉其聖髑，極為珍貴。

青衣天后廟

⁰³

創建年份已不可考，相傳於乾隆年間遷到青衣，一九八〇年代政府收地改建青衣警署，廟宇再遷到現址。由於天后與吳真君的誕期相近，近年更合併設立賀誕墟市，神民共樂。

真君古廟

⁰⁴

真君信仰始於清末民初時期，島民原於青衣大街建廟供奉，受時代發展輾轉遷至現址。廟內供奉吳真君，傳為抗擊海盜有功之英雄，歷朝追封，獲廣東沿海居民奉祀。現時，每年農曆三月十五日真君誕，青衣居民均舉辦廟會，搭棚建醮，演戲酬神，非常熱鬧。

青衣海濱公園

公園位於島內東岸，北起青泰苑，經灝景灣、青衣碼頭至長環街，建造成長逾兩公里的海濱長廊。公園前臨汀九至荃灣一帶景色，風景怡人，園內設有瞭望台及各種運動設施，可供居民使用。

汀九橋

汀九橋全長一．一公里，橋身以拉索架構建造，屬青馬大橋系統的配套設施。大橋緊接大欖隧道，直通青衣島北岸，連接青馬大橋往大嶼山，或經青衣隧道前往港島，是貫通新界西部與大嶼山交通的重要橋樑。

青嶼幹線觀景台

位處青馬大橋與汀九橋交界之山坡，沿螺旋式步道可達觀景台花園，可眺望馬灣海峽及深井一帶景色。園內放置建造青馬大橋等設施的組件展品，另有訪客中心，介紹青馬大橋等建造過程，供市民免費參觀。

青馬大橋

總長一．七公里，是全球最長的行車與鐵路雙用懸索吊橋。橋身跨越馬灣海峽，連接汲水門大橋直通大嶼山陰澳，是市區連接赤鱲角機場唯一行車通道。自落成後已成為香港重要地標之一。

葵青區

新界

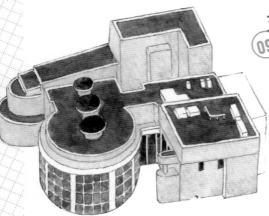

葵青劇院

09

本港五座公營劇院之一，於一九九九年開幕，內設演藝廳及黑盒劇場，可容納一百三十至九百名觀眾。另有各種空間，可供演講、展覽、排練之用。自劇院啟用以來，成為新界西南地區最重要的中型表演場地。

葵涌廣場

10

毗連港鐵葵芳站，屬私人樓宇的底層商場，樓高三層。因店戶業權分散，無集團壟斷，自由租售和價格廉宜的特點促成多元小店的集中地，吸引大量顧客人流。除時裝用品、精品外，近年更設有不少街頭小食店，成為年輕人必到的潮流聖地。

葵涌關帝廟

11

位於大窩口道的協天宮，是一九六〇年代興建大窩口村時由周邊居民興建的，主奉關聖帝君。廟宇建於山坡位置，須沿廟前長梯前往，日常由善信及晨運客前來打理，是葵青區居民其中一個信仰中心。

葵涌南亞小社區 ⑫

一九七〇年代，部分移居香港工作的南亞裔人士開始在葵涌生活，使屏麗街和屏富徑一帶發展成南亞小社區。街內設有清真寺供信徒進行禮拜，另有多間清真食品、巴基斯坦用品店舖，別具特色。

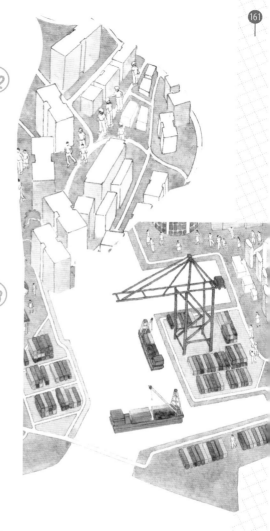

葵青貨櫃碼頭 ⑬

舊稱葵涌貨櫃港，於一九七〇年代興建，是珠三角地區最主要的貨櫃物流基地。曾是全球最繁忙的貨櫃處理中心，二〇二三年排行全球第九大。自落成以來，擔當香港出入口貿易的橋樑，是香港經濟起飛的重要基石之一。

和宜合道
高爾夫球練習場 ⑭

毗鄰和宜合道運動場，是本港少數的公營高爾夫球練習場。場內設有十五條戶外發球道、真草練習草坪和沙池設施，可供市民及團體租用。場館又定期開辦高球訓練班、高球體驗等活動，讓市民以低廉價格享用高球服務。

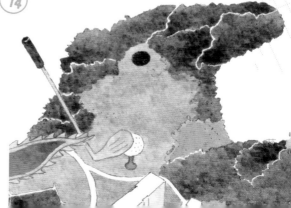

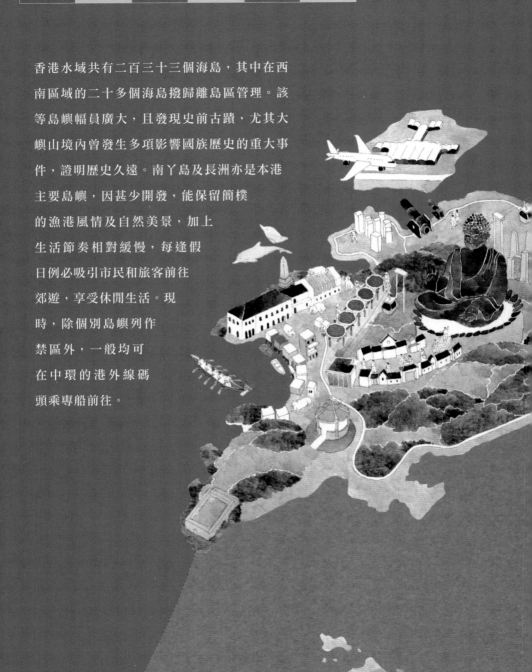

香港水域共有二百三十三個海島，其中在西
南區域的二十多個海島撥歸離島區管理。該
等島嶼幅員廣大，且發現史前古蹟，尤其大
嶼山境內曾發生多項影響國族歷史的重大事
件，證明歷史久遠。南丫島及長洲亦是本港
主要島嶼，因甚少開發，能保留簡樸
的漁港風情及自然美景，加上
生活節奏相對緩慢，每逢假
日例必吸引市民和旅客前往
郊遊，享受休閒生活。現
時，除個別島嶼列作
禁區外，一般均可
在中環的港外線碼
頭乘專船前往。

離島區

新界

大嶼山寶蓮禪寺 / 天壇大佛

01

寶蓮禪寺位於昂平，建於一九〇五年，是本港最大規模的佛教寺院。除一般殿閣，新近落成萬佛寶殿，氣派宏大。在一九九〇年代，寺前小峰建造青銅大佛一尊，高三十六米，內部設展館，珍藏佛祖遺骨及稀世墨寶等。自落成以來，成為本港地標之一。

心經簡林

02

位於昂平木魚山，是本港少數以傳統書法為主題的戶外景點。簡林以三十八條刻有國學大師饒宗頤教授親書《心經》的巨型花梨木條，在山坡上鑲砌成數學符號「∞」型，寄寓港人「心無罣礙，生機無限」的意思。

昂坪 360

03

來往東涌市鎮及昂坪的吊車系統，全長近六公里，途經機場島及彌勒山，能飽覽屯門海一帶及昂坪景色。昂坪車站出口闢為市集，連接寶蓮禪寺，沿路設有各式食肆及商店，並定期舉辦表演活動。

分流炮台 ₀₄

史稱雞翼角炮台，是本港西南端的海防前線。炮台築於高地，佔地寬廣，以花崗岩石建造闊厚牆身，配備八門大炮及五十名駐軍。一八九八年新界歸英治後廢置，一九八一年列作法定古蹟後重修，每逢假日皆有遠足者及旅客前往參觀。

大澳端午遊涌 ₀₅

每年端午節早上，大澳均會舉行遊涌活動，迎請大澳各間神廟的神像到龍舟，巡行大澳各處水道，祈求消除瘟疫，人丁平安。該項游涌活動已舉行百多年，極具意義，現已列入國家級非物質文化遺產名錄。

大澳漁村 / 棚屋 ₀₆

早於明清時期，大澳已是大嶼山內的著名魚市，居民以捕魚、晒製海味及晒鹽為業，尤以蝦醬最為馳名。又因蜑民在此群居，起居生活漸漸改成在海邊半艇居的模式，於是形成海邊棚屋，近年更被外國人士稱為「香港威尼斯」，現已成為本港獨特景色。

大澳龍仔悟園 ₀₇

位於羌山龍仔，乃中國富商吳昆生的私人別墅，於一九六二年落成，原作個人靜修之用，後因業主移民，廢置至今。園內採江南庭園風格建造，尤以九曲橋、荷花水榭之景色最為優美，經常吸引遠足人士探訪及拍攝取景。

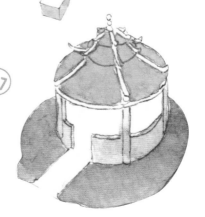

（舊大澳警署）
大澳文物酒店

08

位於大澳石仔埗街碼頭旁邊，原址是建於一九〇二年的大澳警署，一九九七年停用，經活化後改成文物酒店。酒店範圍分主樓及附屬建築兩部分，主樓高兩層，設有捕房、囚室及宿舍，附屬樓則為生活設施。現時，除酒店客房外，原有設施均可自由參觀。

東涌小炮台

09

又稱石獅炮台，建於嘉慶廿二年（一八一七），是本港西南海岸重要海防設施之一。炮台以花崗岩建造，設有兩個炮位，附設火藥局、兵房等。一九八〇年被發現，現已列作法定古蹟。

東涌炮台

10

位於東涌下嶺皮村，建於道光十二年（一八三二），隸屬大鵬協右營。原置有六門大炮，鎮守西南海域。新界歸入英治時廢置，曾改作警署和東涌公立學校。一九七九年列作法定古蹟，經維修後設立展廳，部分地方借予東涌鄉事委員會使用。

東梅古道／梅窩涌口／白芒更樓

11

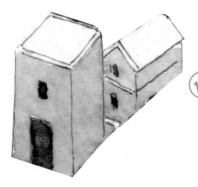

東梅古道是昔日大嶼山居民由東涌前往梅窩的山徑，全長逾十公里，起自東涌馬灣涌，經大蠔村、望渡坳到梅窩涌口。又途經白芒村，村內仍保留一座兩層高更樓，闊約四米，高約七米，以花崗岩石建造，曾改作白望鄉學校，現空置。

梅窩白銀鄉 / 銀礦瀑布 / 銀礦洞 ⑫

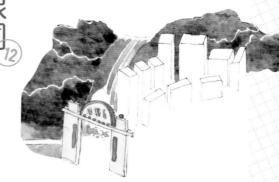

大嶼山梅窩,宋代已是朝廷封地,更傳宋帝昺曾在此處登基駐蹕。附近有天然礦洞,出產鉛及少量白銀,曾被大量開採,現時仍有礦洞遺蹟,但因結構危險而封閉。周邊尚有銀礦瀑布及泳灘,設有康樂及休憩設施,可供市民參觀享用。

南丫風采發電站 ⑬

建於二〇〇五年,位處南丫島榕樹灣的大嶺之上,是本港首個商用的風力發電站,年產量足夠供應二百五十個家庭全年使用。站旁設有休憩花園及展覽中心,並可飽覽周邊海域及港島西南岸風光。

南丫島漁民文化村 ⑭

位於索罟灣養魚區,是近年開發集文化展覽、遊玩、飲食與消費於一身的旅遊景區。村內設有養殖區、漁民工作示範區、古漁船等景點,歡迎市民購票參觀。另外,又提供休閒釣魚區域及舉辦海上活動,可供市民報名參加。

坪洲龍母廟 ⑮

位於坪洲東灣，建於一九七一年，由善信從廣東悅城龍母廟輾轉請來供奉。廟宇樓高兩層，正殿供奉龍母及四海龍王，另有六十太歲等。每逢誕期，例必在廟前舉行聚餐，人神共樂。

坪洲工業遺址 ⑯

坪洲居民向以捕魚為業，清末時期先後有石灰及火柴公司到島內設廠，連同造船、鑄鋼、傢具、紡織、加工等，全盛時期多達萬人就業。自工業式微後，僅餘勝利灰窯、大中國火柴廠的遺址可供緬懷。

坪洲金花廟 ⑰

位於坪洲永安街，相傳建於清代，供奉金花夫人，到一九七〇年代重修成現今規模。廟宇空間不大，約六英尺方，廟前另置拜桌等。惟每逢農曆四月十七日之誕期，善信村民雲集慶祝，屆時豎立大型花牌，張燈結綵，相當熱鬧。

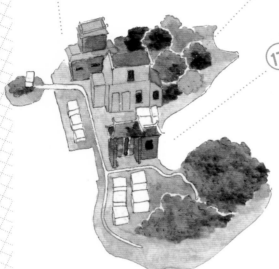

南丫島榕樹灣天后廟 ⑱

位於榕樹灣，建於光緒初年。一九六〇年代重修成現今模樣。廟內雖以傳統格局佈置，亦糅合各種建築元素，如以潮州嵌瓷技術製成的麒麟吐寶、鯉躍龍門壁飾，現代彩色瓷畫及大門外的西洋石獅等等，反映島內的多元文化，現已成為特色景點。

南丫島神風洞

位處索罟灣與蘆鬚城之間，於日治時期
由日軍開鑿山洞以收藏自殺式軍備，故
稱為「神風洞」。現時，島內尚存三個神
風洞，洞口約數米寬，深數十米，洞前
豎有介紹牌，簡述戰時遺蹟的歷史與意
義，逢假日仍有不少市民前來探險。

長洲張保仔洞

位於長洲西灣山坡，傳為粵東海盜張保
之藏寶處。洞口由天然大石堆疊，深約
十尺，洞內狹窄無光，起伏不平，步行
十數米即達出口。翻查《靖海氛記》得
知，張保仔除了被清兵圍困在大嶼山
外，並未在港活動，故港內遺蹟傳說純
屬虛構，卻無減市民參觀意欲。

長洲西灣天后廟

天后廟位於長洲西灣山坡，鄰近公
眾碼頭，建於清代乾隆三十九年
（一七七四）。廟為一間兩進建築，佔地
雖小，但粉飾精緻，故一直香火甚盛。
一九七〇年代由鄉事委員捐資修整廣場
及涼亭，廟貌莊嚴。旁邊另建有地母廟
及永勝觀音堂，均為供奉女性神靈，甚
有特色。

長洲關公忠義亭

㉒

位於長洲山頂道，建於一九七〇年代。當時有村民在台灣彰化請得關公像一尊，後來獲政府撥地建廟，因外形狀似亭閣，故稱關公忠義亭。亭內安奉關公立像，高逾兩米，甚為莊嚴。廟前為花園，近年植有櫻花，歲時吸引市民前來觀賞。

長洲太平清醮 / 北帝廟

㉓

每年四月初八，長洲水陸居民按傳統舉行太平清醮，藉拜祭北帝，祈福超幽。醮會一連七天，屆時會搭建壇場及大型紮作等，又居民於正醮前三天自發齋戒，到祭典當日則舉行會景巡遊及搶包山活動，極為熱鬧。由於醮會傳承百逾年，極具歷史意義，現已列入國家級非物質文化遺產名錄。

香港十八區 文化地圖

Carmen Ng 圖 　　鄧家宙 文

責任編輯　葉秋弦　　　**排版**　簡雋盈

裝幀設計　簡雋盈　　　**印務**　劉漢舉

出版

中華書局（香港）有限公司

香港北角英皇道 499 號北角工業大廈 1 樓 B

電話：（852）2137 2338

傳真：（852）2713 8202

電子郵件：info@chunghwabook.com.hk

網址：http://www.chunghwabook.com.hk

發行

香港聯合書刊物流有限公司

香港新界荃灣德士古道 200 - 248 號

荃灣工業中心 16 樓

電話：（852）2150 2100

傳真：（852）2407 3062

電子郵件：info@suplogistics.com.hk

版次

2024 年 7 月初版

2024 年 11 月再版

©2024 中華書局（香港）有限公司

規格

16 開（210mm x 150mm）

ISBN

978-988-8861-87-3